牛津惨案

Oxford Murders

［英］亚当·布鲁姆——著

田慧——译

上海文艺出版社
上海故事会文化传媒有限公司

编委会

总策划 夏一鸣

主　编 黄禄善

副主编 高　健

编辑成员（按姓氏拼音为序）

蔡美凤　高　健　胡　捷

黄禄善　吴　艳　夏一鸣　杨怡君

名家导读

/桂清扬

浙江外国语学院英语教授、教学名师、香港岭南大学翻译学哲学博士、教育部公派英国诺丁汉大学语言学院访问学者，曾任中国计量大学外国语学院院长。主要社会兼职：上海外国语大学英语语言文学博士研究生学位论文盲审专家、浙江大学外国语言文学及国际交流学院博士学位论文答辩委员会委员、国际跨文化研究院（IAIR）研究员、国家社会科学基金项目通讯评审专家及鉴定专家、国际翻译家联盟会员暨执业译员、中国翻译协会专家会员、杭州市翻译协会副会长、香港国际创意学会秘书长等。主持国家哲学社会科学基金项目"七月派翻译群体特征研究"（编号：11BYY019）。主要代表作有：学术论文《跨文化传播意义上的经典译作——关于绿原〈浮士德〉译本的思考》《胡风对满涛、吕荧等翻译家的影响研究》(刊于《中国翻译》，2007，2016)；专著《自助外语教学法》(中国科学文化出版社，2003)；教材《21世纪科技英语》(高等教育出版社，2002)；译著《呼啸山庄》(世界文学名著典藏版，花城出版社，2016)，《桂向明短诗选·中英对照》(中外现代诗名家集萃，香港银河出版社，2016)。个人业绩辑入《世界人物辞海》。

一

侦探小说素以"智慧文学"著称于世，是一种以罪犯犯罪、侦探寻找证据、推理破案为主要故事情节的小说模式。

将侦探小说的犯罪行为和侦破过程设置在高等学府，乃英国著名作家亚瑟·柯南·道尔（1859-1930）之首创。1904年，柯南·道尔创作了两篇以大学校园为背景的悬疑小说《三个大学生》(The Three Students)和《失踪的中卫》(The Missing Three-Quarter)，其中《失踪的中卫》讲述的是剑桥大学橄榄球队员在与牛津大学橄榄球队比赛前夕神秘失踪并最终被找到的故事；《三个大学生》则是严格意义上的校园侦探小说，大侦探夏洛克·福尔摩斯在某大学研究早期英国宪章，受该校圣卢克学院老师的邀请，调查一起考试试卷盗窃案。侦探小说的黄金时代是1914-1943年，亦即第一次世界大战和第二次世界大战之间这段时期，因为诞生了非常多的推理大师和优秀作品，被谑称为"名探满街走，名作天天有"的时代。据统计，从20世纪20年代末至30年代的十来年间，英国、美国出版的校园侦探小说加起来约五十部(篇)。英美文学史上第一部描写牛津大学校园谋杀案的小说是1928年出版的《闸边足印》(Footsteps at the Lock)。翌年，亚当·布鲁姆的《牛津惨案》(The Oxford Murders)问世，取得巨大成功。

笔者自幼喜爱外国文学，对侦探小说也有着强烈的情结，先后阅读过《福尔摩斯探案》《东方快车谋杀案》《尼罗河上的惨案》《世界经典侦探小说大全集》等。在英国诺丁汉大学英语语言学院做访问学者期间，多次访问牛津大学和剑桥大学。此次应邀为《牛津惨案》撰写导读，不禁联想起牛津大学作为一所城市大学的风貌，大学校区彼此隔着城镇建筑遥相呼应，互相依存，"town and gown"成为人们永恒的趣味话题。据悉，牛津人文学科学士学位的第一次考试被称为Moderations(简称Mods)。文科第一年考一次，毕业时再考一次。小说《牛津惨案》里的凶手就是因为一直考不过学士学位的第一次考试而步入歧途。

二

亚当·布鲁姆（1888-1963)，是英国演员、作家佛罗伦斯·沃登（1857-1929）之长子。父子文脉多有传承。亚当·布鲁姆这个名字，中国读者也许会感到陌生。但提及侦探小说的次类别"校园侦探小说"时，亚当·布鲁姆无疑是绕不过去的人物。他毕业于牛津大学法学院，先后就职于受托储蓄银行协会发展办公室、小学、律师事务所，曾在英国"保护地"西非的塞拉利昂政府担任行政官员。在尝试了多种工作后，加入侦探小说作家行列，以笔名"Adam Broome"出版过十多部侦探小说。亚当·布鲁姆的侦探小说大致可以分为两类：一类是以伦敦警察厅总督察布拉姆利为中心探案人物，以世界闻名的高等学府为背景的侦探类悬疑小说，包括《牛津惨案》和《剑桥谋杀案》(The Cambridge Murders)；另一类是以非洲为背景，以英国专员丹泽尔·格里格森的经历为故事主线的系列悬疑小说，包括《死亡岛》(The Island of Death)、《女王大厅谋杀案》(The Queen's Hall Murder)和《鳄鱼俱乐部》(The Crocodile Club)等。即将推出的域外故事会第三辑属推理小说系列,主题为校园谜案,其中收入亚当·布鲁姆的《牛津惨案》和《剑桥谋杀案》两部作品。

《牛津惨案》的故事梗概如下:十二月某个阴冷的雨夜,古老宁静的牛津大学发生了一桩谋杀案,死者是博学多识、与人为善的钦定拉丁语教授图古德。他被残忍的凶手用钝器重击后脑勺致死,后脑枕部位置被凿了一个洞,作案手法令人毛骨悚然。图古德教授的惨死令整个牛津乃至整个英国震惊不已,牛津警方和牛津校方即刻着手调查此案。遗憾的是,当夜大雨滂沱,几乎将所有的痕迹洗刷殆尽,仅存的线索是警员梅里利斯在现场见过一顶血迹斑斑的毡帽,却也不翼而飞。

调查陷入僵局,凶手逍遥法外,而不幸的事情接踵而至:法语高级讲师加斯东·布瓦萨尔先生和校外辅导教师莫蒂默先生相继遇害;圣托马斯学院院长普莱福德先生也险些命丧家中。与图古德教授惨案相同的是,被害的布瓦萨尔先生和莫蒂默先生的后脑部位也有被锐器凿穿的洞。牛津大学连环惨案使整个牛津人心惶惶、人人自危。英国警察厅向牛津警方派出经验丰富的总探长布拉姆利先生,但尽管警方和校方投入大量人力物力展开调查,仍一无所获。

凶手的神秘身份和残忍的作案手段让人不禁联想到1888年"开膛手杰克"犯下的白教堂谋杀案。牛津大学被恐怖的迷雾笼罩,普莱福德先生险遭不测,其侄女芭芭拉惶恐不安,她多年前失去双亲,一直与年迈的普莱福德先生相依为命。她与牛津校友克罗夫茨相恋并订婚,可克罗夫茨毕业后被派到英属西非殖民地警察局履职,茫茫大西洋将这对恋人隔开。

身处西非的克罗夫茨除了为未婚妻叔叔的险恶命运百般担忧，还要努力适应非洲恶劣的自然条件和陌生的社会环境。然而，无巧不成书，他竟然发现大西洋彼岸的案件与西非当地某个地下组织有着千丝万缕的联系，遂谜团渐渐被解开……

小说《牛津惨案》不仅有精彩的情节与巧妙的构思，还以悬念迭起和神秘风格吸引了千千万万的读者。

三

日本推理小说创始人江户川乱步曾给侦探小说下了如下定义："着眼于逻辑推理，解开犯罪秘密，去疑解惑，描写侦破案件的有趣的文学。"由于侦探小说具有科学逻辑推理这一特点，那就要求作者不仅要具备相当深厚的文学艺术功底，还必须具备博大精深的社会科学与自然科学知识及严密的逻辑思维能力。

亚当·布鲁姆的《牛津惨案》体现了西方校园侦探小说的最新创作成就和研究成果。该作品具有以下亮点：第一，故事带领读者走进古老美丽的牛津，领略牛津的大学生活，包括大学的景观、学制、学院、风俗、学生生活、考试制度等。作者毕业于牛津大学，对牛津的描写信手拈来，亲切可爱；第二，作者结合时事及其在西非塞拉利昂任行政职务的经历，在故事中融入二十世纪初对英属西非殖民地英国官员、移民和当地人生活状况的描写，较真实地反映了当时的非洲社会；第三，作者塑造了若干栩栩如生的警察、教师、学生形象，譬如伦敦警察厅的探长布拉姆利，出现在亚当·布鲁姆的多部侦探小说中，冷静老练、精通世事，善于与各种人打交道，是整个故事的推动者。在这部小说中，他与牛津市警察局局长福斯特、牛津大学校方联手展开调查，为解开牛津悬案起到不可替代的作用。

作为英国校园侦探小说的经典作品之一，《牛津惨案》在事件发展中步步设疑，布局结构屡起波澜，所展现的娴熟技巧和冷峻风格令人叹为观止，在纷乱的迷宫里探索智慧灵感的出路，体验真相水落石出的快感。

非知者不能译，非译者不能知。《牛津惨案》的译者是田慧女士，系出版社编辑、一级翻译、英国皇家特许语言家学会会员。已出版近十部译著，其中多部为外国侦探小说。译者拥有丰富的外国侦探小说翻译经验，为域外侦探小说在中国的译介传播和经典生成做出了应有贡献。

Contents

新生　1

人豹　11

两个人的下午茶　23

圣安东尼学院的孔蒂　31

惠灵顿广场谋杀案　43

结算室　53

再见　62

公告栏　71

法语高级讲师　82

毡帽之谜　92

芭芭拉的姑妈　104

汽船上的女妖　116

可疑的人	128	波特牧场凶案	212
新的焦虑	139	恐慌	224
圣托马斯学院院长	149	逮捕	233
这是一条线索吗	160	意外的转折	243
新的生活	174	帕丁顿站	252
王室访客	191	尾声	260
"真爱之路"	202		

新　生

　　这一天无疑是不同寻常的——极其不同寻常。圣安东尼学院古老的灰色门脸依偎在基督教堂背后安静的广场上，在七百多年的悠悠岁月里已经目睹了许多怪异的场面。但在牛津大学米迦勒学期[1]开学前，那个阴沉潮湿的十月傍晚发生的怪事，却是在圣安东尼学院前所未见的，或许其他任何一个学院也都未曾有过这样的先例。

　　眼前的许多场面都熟悉得很。辛勤的出租车一辆接一辆，首尾相连，从车站一直排到爱德华国王街，再排到学院的门房。车顶都堆满了返校本科生和新生的行李，而且一辆比一辆堆得高。

1　米迦勒学期，英国和爱尔兰一些大学的秋季第一学期。

一小群年轻人簇拥在学院大门外的煤气街灯下，另一小群则挤在舒适的门房里。同一个系的新生结成了自己的小团体，三四年级的学生却几乎忘记了自己是哪个系的，将他们联系起来的则是在学院里建立的新纽带。他们谈论着过去那个长假里的冒险经历，以及接下来圣安东尼学院在足球场和水上运动场上将会有怎样的运气。

老生们陆续回到原先的宿舍，新生们也第一次走进新的宿舍。这幢深灰色方院每层楼上的灯火随即依次亮起。

雷吉·克罗夫茨是一个身材矮小、皮肤黝黑的英俊青年。他上学期参加了学位考试，今年再上一年课，就要到西非政府去任职。他正和一群即将参加选拔赛的大三男生闲聊，他们都懒洋洋地靠在门房接待室里校工们的信箱上。

"好吧，或许你是对的。"说话的人是一个高个子、宽肩膀、金发碧眼的年轻男子，他是圣安东尼学院足球队队长，即将参加校队的选拔赛，"关于建设帝国那一套——在丛林里开路、痛打非洲人，朝一头快乐的老象射上一枪，毫无疑问都是顶级运动——如果你喜欢的话。但我要在董事办公室坐一坐——如果我能活着走出法学系的话——从他收集的那些完美的谢克尔金币里大捞一笔。夏天尽情打板球，冬天尽情踢足球。你可以在帝国前哨表演我所有的拿手好戏：和一位穿短礼服裙的黑女郎共沐热带阳光——"

"说得好像她会穿礼服裙似的！"一个声音替他接上了后半句。

听到这句俏皮话，这一小群人都笑了起来。在雷吉发起反击之前，"矮胖子"克雷福德大喊一声："我说，外面都在闹些什么？咱们出去看看？"

"咱们走！"二三十个声音应和道。说着，人们一起拥向大门口。

门外停着一辆四轮出租马车——只有牛津城才有的那种。一群流浪儿和二流子堵在车道上把马车团团围住，就连马车与学院门廊之间狭窄的人行道上也挤满了人。他们气喘吁吁，似乎从车站一路跟到这里。出租马车顶部堆满了杂七杂八的稀奇玩意，那景象即使在牛津新学期开学时也属罕见。

车顶靠后的位置堆着一个破旧不堪的大低音鼓，几乎被挤得要掉下来——因为车顶前方的东西塞得太满了。剩下的空间乱七八糟地塞满了各式杂物：各种古老的彩色锡帽盒、崭新的牛皮箱、用绳子胡乱捆扎的蓝白色土布包袱，还有各种颜色的圆篮子。

一个老式大留声机的喇叭仿佛醉酒似的挂在车门上方，一架庞大的六角手风琴在一张全新的马德拉柳条桌的顶部艰难地保持平衡，当车子刹住要停下来时，它开始来回摇晃颠簸。

"天哪！他们是不是要在这里表演！"车子最终停下来时，一个衣衫褴褛的小乞丐喊道，他轻轻推了一下身边的同伴，眼睛里闪耀着兴奋和期待。

"那还用说！"同伴回答道，"我看到车里有两个女孩，都打扮好了，脸涂得黑黑的，比圣吉尔斯集市上的小姐们还要好。敢还有别的都和那次一样！"

"哈！圣吉尔斯的集市才不会到大学里来。"对方批评道，他因为自诩比对方聪明而自鸣得意，但又隐隐觉得自己可能说错了。

现在，人们的目光集中到一大群本科生身上，他们由"矮胖子"克雷福德打头，一窝蜂涌出圣安东尼学院巨大的橡木门。今晚，圣安东尼学院敞开大门，迎接返校的学生和他们的行李细软。

克雷福德、雷吉·克罗夫茨和朋友们走在前面，许多年轻人跟在后面，因为他们听到风声，知道将有不寻常的事情发生。这群人从灯火通明的门房走进黑暗中，一时看不清这番骚乱所为何事。

"为什么这样该死地吵吵嚷嚷？"说话的是克雷福德，"不过是一个顶呱呱的新生入学了，我看不出有什么特别的理由大惊小怪。"

"我还看不清车里是什么人，"人很快越聚越多，雷吉·克罗夫茨推开人群挤上前去，说道，"看那车顶，这个好家伙是把大学校园当作斗兽场了吗？伙计们，快看！"

这时，那辆疯狂的出租车的门开了，一名乘客走了出来。他那身衣服是伦敦萨维尔街定制的高级男装——可不是量产的成衣，他脚下那双完美无瑕的靴子是连锁店出品的。但那身衣服的主人是一个塌鼻子、厚嘴唇、黑得像炭的非洲黑人。他环顾四周，流露出一副既懦弱又轻蔑的表情。他把他的镶金头马六甲手杖从一只戴着黄手套的手中换到另一只手中。他的丝绸领带上别着硕大的独粒钻石别针，在灯下熠熠闪光。他转向离他最近的"矮胖子"，拖着带鼻音的长腔问道："先生，请问这里是不是圣安东尼学院？"

"他要去的是摄政公园！"这个声音来自人群后方，就在学院大门前方。

"别说啦！"另一个声音喊道，"他已经迟到了一个星期！剧院的晚间综艺节目等了他一个星期！"

此话引起一阵哄笑。笑声平息下来后，"矮胖子"故作正经地回答："是的，这里就是圣安东尼学院。"

"谢谢你，先生，"非洲人说，"请问，先生，这里有人可以帮我搬运行李吗？"

这时，十几个洪亮的嗓门高喊起来："巴克！巴克！快来——来活儿啦！"

巴克是圣安东尼学院的门卫，他在学院服务了二十五年，对这几百个学生来说，与他迎来送走的三任院长，以及他现在服务的第四任院长相比，他更能代表圣安东尼学院以及它在他们心中的所有重要意义。

等门卫来时，这位乘客转身走向车门，对车里的什么人说话。

"现在我们就要看到他们了！"小乞丐们喊道。一阵兴奋的低语声传遍了整个人群，这个流浪儿和二流子团伙的规模每分钟都在增长。

"完全猜不出这是怎么一回事。"克罗夫茨说道。

"不管怎样，我们得看看热闹。"克雷福德大喊道。本科生们冲上前去，把小乞丐们挤到后面。

在那个衣冠楚楚的黑人的搀扶下，一个意想不到的身影从车里款款走下。是一个女子——一个年轻女子，属于在牛津极其少见的种族。她显然是个纯种黑人。在她的种族里，她是个美人。她身材娇小、苗条，满是鬈发的头上缠着一块亮丽的浅蓝色丝绸手帕，耳朵上戴着沉甸甸、亮闪闪的黄金耳环。她那漆黑的眼眸里露出困惑的微笑，一口雪白的牙齿与黝黑的皮肤形成鲜明对比。她走到了车外。只见她一身非洲风格的装扮，身穿一件黑色丝绸"布巴"，这是当地人穿的一种宽松的长袖上衣，一件黄色天鹅绒围裙或披巾围在腰上。她没有穿丝袜，脚上穿着一双看起来很野蛮的，由当地人做的红色皮革凉鞋。

"干杯！"人群中一个声音喊道，"优秀的老剑桥——又是第一！"

这个不忠的旁观者遭到驱逐，现场响起了一片混杂着呻吟、扭打和几句调笑的声音。与此同时，那位黑美人继续对着学院大门前的人群不知所措地微笑，那个黑人则再次走到车门前。

第二个人也从黑暗的出租车车厢里走出来,暴露在学院大门外路灯的强光之下,人群中顿时爆发出一阵欢快的低语声,这声音来自本科生、小乞丐和浪子们。那是个身材壮实的女黑人,她刚把一只脚踏上出租车的踏板,车身就猛然倾向一边,低音鼓、留声机、六角手风琴、马德拉柳条桌,还有几个杂乱的包裹和箱子都顺势滚落到地上,发出震耳欲聋的撞击声。

"大家都来搭把手!"

"先救妇女和儿童!"本科生们的俏皮话响起,人们一哄而上,抢救起散落一地的杂物,得意扬扬地把它们放到学院大门口,然后转身仔细观察那个无意中闯祸的始作俑者。

那是一个中等身高、体态丰满的非洲女人,年龄比她的同伴大一些。她显然是以她心目中最时髦的欧洲穿法打扮自己的。她穿着一条浆洗得笔挺的白色细布短裙,格外醒目。一件白色丝绸上衣包裹着她丰满的胸部,臃肿的腰部则环绕着一条黑色丝绸腰带。她那双结实的双腿上裹着黑色丝袜,脚上则局促地套着一双至少小了两号的漂亮高跟鞋,这使她的站姿显得非常笨拙。她戴着一顶黑色宽檐软帽,帽檐被沉甸甸、亮闪闪的黑玉饰品压得很低,使人看不清她的五官。

"好样的,阿姨!一切顺利!"人群中有人喊道,这幽默令人开心。门房巴克已经到达现场,人潮向后退去,等待事情的进一步发展。巴克身材魁梧，六十多岁了，但头发几乎没有变白，胡子仍然是深棕色，这使他显得比实际年龄年轻。他以一贯的恭敬态度走近那个非洲人。

"先生，您就是孔蒂先生吗？我们正恭候您的光临。"

"是的。"那黑人慢悠悠地拖长了调子回答，"我就是孔蒂先生。我需要你把我的行李搬进去，然后带我看我的房间。"

"很好，先生，"老巴克说，他有些疑心地盯着行李和两个偷笑的女人，"我会让您的出租车司机和我的门房副手给我搭把手。"

"谢谢。"孔蒂先生傲慢地回答。他向女伴招招手，穿过人群，走到学院大门，人群自动退后，给他让出一条路。巴克愤慨地转过身。

"对不起，先生，"他跟上黑人，问道，"但是，这两位女士是谁？"

"这两位女士，"非洲人说着，脱下手套，站在一旁，让她们走过去，"是我的两个妻子。"

巴克年轻时在军队服过役，但是，就算炮弹在他面前炸开，也不会像黑人新生的这句话这样令他大惊失色。在三人走进学院门廊之前，巴克抢上前去，举起了一只抗议的手。

"但是，先生，想必院长在录取您时告诉过您，女士们是不难进入学院的！"

"他并没有说过，"孔蒂愤怒地说，"我并没有问过他，这倒是事实。但你忘了，我是我国的王子，别人不能做的事，王子可以做。"

"我很抱歉，先生。但这违反了学院的规定，也违反了大学章程，是不允许的。"

"但是，"那黑人因为义愤填膺而激动起来，"我没告诉你吗？我是我国的王子。"他想强行通过门卫的阻拦。

牛津大学的门卫是一个与众不同的种族，他们是老练圆滑的代名词。巴克从未遭遇过这样的困境，但他没有丧失理智，而是尽量维护他所服务的机构的规则，同时，避免过度伤害这位新生的情感。

"对不起，先生。关于这两位女士，"他犹豫了一下，因为他是基督教伦理的坚定支持者，"确实对不起。但是，即使您是英国国王本人，也必须遵守学院规则。"

门卫寸步不让，那个黑人只好停下脚步。他所对抗的是化身为巴克的牛津大学和圣安东尼学院数代人坚守的法律和规则。新文明在旧文明前低下头，认输了。

"今晚我可以带夫人们在哪里下榻？"他屈服了，问道。

"先生，牛津有很多酒店，我向您推荐米特尔、克拉伦登，或兰道夫。您的出租车司机会带您去。如果那家酒店客满了，您可以上另外几家碰碰运气。"

现在，行李都已经存放在学院门房里了，这位自称"王子"的黑人回到仍在外等候的出租车里，神情有些沮丧。他先上了车，两位妻子也跟着上了车。出租马车开走时,人群中爆发出一阵欢呼。两个负责抬低音鼓的本科生敲起了欢快的节奏。

　　出租马车的影子最终消失在特迪街的黑暗中,学院门口一片欢腾,人们兴高采烈地唱道:"因为他是一个快乐的好摩门!"

人　豹

　　警察局长普雷斯科特先生津津有味地吃完一份又粗又硬的沙丁鱼煎蛋饼，要是在欧洲，他恐怕很难解释自己怎么会吃得这么津津有味。但是，挤在西非农村一个小茅舍的狭窄游廊里，听了五个小时当地证人的证词之后，饥饿感就是最好的佐料。再说了，他面前那个随微风摇曳的帆布水袋里，不是有一瓶凉爽的啤酒在等着他吗？普雷斯科特夫人两个月前回家了，因此他可以尽情享受一些小小的奢侈。她如果还在的话，是不会纵容的。

　　普雷斯科特先生是个失意的人，他四十多快五十了，身体肥圆，脖子像公牛一样壮，头顶也快秃了，不太像个有魅力的人。早几年在陆军时，他获得了军需士官的军衔。随后，他被任命为军需官，在西非军团服役期满，便在殖民地的政府服务部门谋了一份差事。

他现在官居区警察局长，但思想境界还停留在军需中士时的状态。去年他还是副局长，但前局长埃德蒙·卡吉尔惨遭暗杀，所以西北省的巴奥马区意外多了一个空缺，普雷斯科特因此被提拔补缺。

普雷斯科特是许多错觉的受害者。他最大的错觉，是坚信自己是殖民地唯一真正正直的欧洲军官，就连总督，背地里也免不了被这位区局长含沙射影。就说那次总督出席政府举办的军舰下水仪式吧，严格来说，这不是私人场合吗？难道不是参加一个鸡尾酒会吗？然而，总督是否有可能将公私账户分开（据普雷斯科特说，他自己是这样做的），自掏腰包支付了所用汽油的费用？想到身居高位的人竟然这样不正直，设定的道德标准竟然比他自己践行的标准还要低得多，普雷斯科特不禁郁闷地摇了摇头。

他对此事耿耿于怀，还给《纽约时报》写了几封长信，谴责殖民地政府公务人员道德沦丧。他用政府的打字机和政府的纸把这些信打印出来，并装在政府提供的信封里寄出。但是，如果有人因此指责他，毫无疑问，他肯定会言辞激烈地反驳，说他的所作所为是正当的，因为正如他的署名所宣称的，他这些举报信是为了"公益事业"。

普雷斯科特总爱在无关紧要的地方大做文章，但现在他手头堆满了极其重要的任务。过去，一个人称"柏罗党"的本土地下组织活动猖獗，使巴奥马区深受其害。他的前任卡吉尔采取了各种打压措施，已经很大程度上成功瓦解了他们的势力。但是西非当地人不会读书写字，也没有足球赛、板球赛或电影院打发过多的空余时间，所以沉迷于阴谋诡计中。柏罗党积极扩张势力，现在已经成了棘手且危险的问题。当地人对地下阴谋的渴望正在转向一个危险的方向。过去几个月，报告给普雷斯科特的伤亡案件数量激增，到了令人震惊的程度，而这些伤亡据称是豹子攻击的结果。这位警察局长终于断定时机已经成熟，他要亲自到那些发生暴行的地方展开调查。

他还没有明确地指控任何人——这种局势下，操之过急只会打草惊蛇。但怀疑的矛头开始指向某些人，一项非正式调查已经启动。普雷斯科特所受教育有限，眼界狭小，因此他和当地人差不多，怀疑存在某种超自然的力量，他觉得至少有些案件中是这样。他用了一个漫长的上午审问了来自事发村庄或附近的证人，但毫无头绪。他感到疲惫绝望之极。

下午他还要再审一个女人。从已有的供述来看，她的供词如果不能提供有力证据，促使他采取下一步行动，他就只能被迫放弃得出任何实质性结论的希望了。

吃完午餐，他躺倒在一张陪他走南闯北、历经沧桑的折叠躺椅上，打算舒适地打个盹儿，可惜事与愿违。村里没有招待所，这个三月的下午闷热异常，仅十码开外，一群瘦削的奶牛躲在对面茅屋檐下乘凉，散发出难闻的臭味。而被牛尾巴驱逐的蝇群，在这个白人的脸庞和胳膊上找到了更为舒适的会师之地。附近的茅棚里，一群群当地人或躺在吊床上，或蹲在地板上，一遍遍讲述早上听证会上的事情，喋喋不休，令人恼怒。

普雷斯科特派了一名警察过去，想将当地人的交谈控制在合理范围内，没料到这一举动引发了双方的争执，他开始后悔自己多管闲事了。他努力平复心情，想继续打个盹儿，可希望再次落空了。茅屋的拐角处闪出一个欧洲人的身影，另一个欧洲人紧随其后。

"嗨，普雷斯科特！你好吗？你好吗？过得开心吗？"打头的那人愉快地大声问好。尽管那人热情招呼，普雷斯科特局长的反应却非常冷淡。

"是你吗，马哈菲医生？什么风把你吹来了？"他站起身。随后，他朝向第二个白人，说："哈，格里格森，你也在这里，我还以为你在巴奥马检查警用仓库呢。那些仓库真是一团糟——这也难怪，反正也没人会因此损失一个铜板。"

普雷斯科特仕途生涯中的主要使命，似乎就是正确地清点和记录仓库的库存。他又一次回应了从前的召唤，每当从同僚手中接管下一个地区时,他尤其喜爱彻查林区警察局的常用物资,以便给总部报送一份打印得整整齐齐的短缺品清单,让他的前任额外支付一把尺子、两个垃圾桶、一只羽绒枕头、两把办事员用的曲木椅子,诸如此类物品的费用。对他那秩序井然的头脑来说,这种事情就是他所见的"百分之百效率"。这也是他暗地指责欧洲政府官员不廉洁的证据。怎么指责呢?他会争辩说,一条公家的直尺怎么会凭空消失,除非是无良的官员自己拿去用了,或者被卖掉换钱了。

"不,"马哈菲说,"我们是为了公事来拜访你。我代表著名的制药公司卡斯卡拉－索尔特斯公司。我这位朋友(他向同伴挥了挥手)是戴着手铐和逮捕令来的。我们这两条战线上有什么消息吗?"

在生性严肃的普雷斯科特看来,这位亲切的爱尔兰医生举止轻浮,令人厌恶。年轻的警察格里格森却放声大笑起来,此刻,他特别想在这个自命不凡的局长身上最吃痛的地方狠狠踢一脚,好在迫于官方礼节,他克制了自己的欲望。

"恐怕我现在调查的事情非常严肃,"普雷斯科特皱着眉头,回答道,"抱歉不能让二位就座,我只有这把随身携带的椅子。"他站起身,指着那把椅子说道。

"不用管我们,"马哈菲大声说,"我看这堵矮墙就很好。"他和格里格森一屁股坐在那堵低矮的泥墙上,面朝着他们的东道主。两人都穿着卡其布军装式衬衣、短裤、长袜和行军靴。

"呼！"马哈菲用一条老式伍尔沃斯头巾擦拭他那张热得通红的脸和半秃的头。"这该死的热天，我们从巴奥马步行十二英里过来，实在太热了。"

他看见头顶上方悬着一只诱人的帆布水袋随风摇晃。"是的。"普雷斯科特不愿看到对方眼中渴求的光芒，"今天的确很热。"

"来根香烟吧。"医生递过来一个破旧的镍银烟盒，暗示自己希望得到另一种性质的款待。

"不，谢谢。"普雷斯科特古板地回答，"我发现白天吸烟过多会影响我上庭时的嗓子。像我这样单枪匹马的，必须尽可能保持健康。"普雷斯科特花了很多时间给自己塑造这样或那样的完美形象。

"你不会连一杯待客的水都没有吧？"格里格森冒险问道，"你知道，我们俩快渴死了。"

"孩子！"这位警察局长喊道，"给他们倒点水！"这位仆人本来可以听懂用标准英语发出的指令。但是，普雷斯科特的众多口号之一是"入乡随俗"，他费了很大工夫认真学习了很多口音奇怪的英语，但实际上完全没必要。

令马哈菲和格里格森不悦的是，仆人很快端来一个托盘，上面放着一个赤陶冷水罐和一对玻璃杯。

"水不够冷的话,还请包涵。"普雷斯科特说,"不管怎样,小心为上——你知道的,预防痢疾。我总是要看到水烧开了才放心,他们今天早上烧的水,现在还有点热。"

"没关系,我并不想洗热水澡,我只想喝点东西。"医生勉强扬起嘴角,但笑得很僵硬。

警察先生和医生打消了喝杯啤酒的念头,也婉拒了递来的茶点,点燃了烟斗。

"你的事情有进展吗?快抓到那帮谋杀犯了吗?我敢发誓,上次你贴心地用杜松子酒盒装好送来的婴孩尸体和其他残骸,是被人切碎的——绝不是被猎豹撕碎的,我可不管你的非洲朋友会怎么说。"医生的轻率口气立刻让严肃的普雷斯科特心生不快,他担心马哈菲话里的鞭笞会引发公开的谴责。

"我还没有什么头绪。"这位警察局长说,"我还要听取一个证人的证词——她是最重要的证人,她的话将决定很多事情。如果是人在作恶,肆意杀害那些无辜孩子的话,那么无论对那些卑鄙的罪犯施以什么刑罚都不为过。"普雷斯科特惟妙惟肖地模仿了一位受人敬重的卫理公会神职人员的语气,他和妻子在欧洲时,每个礼拜日都要去听其布道。

"是的。"医生表示赞同,"我想他们有权受到公正的惩罚。"马哈菲谈到土著人时的愤世嫉俗——仿佛他们不过是野蛮的兽类——很大程度上是流于表面的，但他知道这番话激怒了自以为是的局长先生。他自己也非常恼怒：虽说普雷斯科特局长先生是出了名的小气，但他仍隐约期望对方能略尽地主之谊，请客人喝上一杯冰啤酒，谁知却被一壶令人恶心的温水打发了。

"我不喜欢在掌握确凿证据之前去怀疑任何人。"普雷斯科特继续说，"但一切线索表明，至高无上的酋长孔蒂是这些暴行背后的煽动者。即使他自己无罪，也肯定知道哪些人有罪。如果不向政府坦白，那么他至少站在了共犯的立场上。"

"这是我第一次和这些人豹正面交锋。"助理警察局长格里格森说道，他是个体格强壮、脾气温和的家伙，"和他们相比，柏罗党简直像是某种主日学校组织。听我在塞拉利昂的一位朋友说，大致情况是这样的：当地一些所谓'聪明的年轻人'成立了一个秘密俱乐部，他们供奉一种特殊的'药物'，这'药'可以增强持有者的男子气概，但必须不断用新鲜人血去涂抹、滋养它，否则就会失去药效。"

"你说的没错，"马哈菲说道，他和大多数人一样了解这个地区的土著人，"那是个伟大的想法。如果弄不到'货'，团伙成员就会在灌木丛里举行秘密会议。会上抽签，抽到的倒霉蛋必须提供下一个牺牲品。最简单的方法，就是在指定时间内把他自己的一个孩子丢在同伙能找到的地方。有个人会穿上豹子的伪装服——爪子什么的一应俱全——

趁孩子熟睡时抓住他，拽到丛林里，那里有他的同伙等着。他们杀死这个可怜的孩子，每人吃一小块，并用鲜血涂抹那神药。等下次需要涂抹时，再来一次献祭。你要是有七八个妻子，每人每年为你生一个孩子的话，我想你可能就会慢慢失去对孩子的父爱了。"对于马哈菲这番轻率的话，普雷斯科特满脸都是极不赞同的表情。但他知道，从他自己的经验来看，这个总结是相当正确的，但他更希望对方能换一种表达方式。

"最糟糕的是，"他说，"由于这个团体的行为具有宗教仪式的性质，所以极难杜绝。当地人自己不像看待普通谋杀案那样看待这事。而那些不是成员的人则坚信，凶手是某种具有超自然力量的猎豹。他们都相信普通猎豹不会攻击人，一旦发现豹子伤人的案子，他们就会马上断言猎豹党在作案。这都是在绕圈子。"

"你刚才说老孔蒂酋长应该是幕后黑手？那老家伙富得流油。他那个恶棍儿子不是去剑桥了吗？"说话的是格里格森。

"是牛津，"马哈菲纠正道，"他父亲告诉我的，当时好歹还算清醒。"

"很好，"格里格森说，"牛津之幸，就是剑桥之失。反之亦然。"

"抱歉，医生——抱歉，格里格森。"警察局长说着，站起身来，"我原本定于两点半重新开庭，现在已经三点一刻了。"他转身叫勤务兵，"赛杜！马上叫那些人和酋长过！"

警察局长调查的这个村子非常小，仅有十几间小茅棚。他住的那间是其中最大的一间。村子的中心位置是当地的"巴里"，也就是法庭，酋长原本在那里裁决当地人日常提交的重大事项。但这个法庭又破又小，年久失修，而且，好几个月来，当地人都把它用作圈养牲畜的公共马厩，显然已不适合充当欧洲人的审讯场所。因此，警察局长决定在自己那间小茅屋的小游廊上开庭。

见到普雷斯科特的小游廊上有活动的迹象——普雷斯科特本人在小移动工作台上摆好书和文件，勤务兵忙去请酋长——村民们便像对牛群趋之若鹜的苍蝇似的，围拢到他的茅屋周围来。

孔蒂酋长显然仍处于棕榈酒或某种烈性酒的酒劲中。他穿着华丽的红色天鹅绒长袍，缠着白色头巾，手持象征酋长最高权力的铜头杖。他在两名抬吊床的手下的搀扶下，坐到了面对警察局长的椅子上。

最初的混乱逐渐平息，警察们在靠近游廊墙边的地方疏散出一小块空地，方便三个白人透透气。警察开始传唤最后一个证人了。这次开庭是非正式的，仅仅是问询，没有设证人席。

"蒂蒂！蒂蒂！"法庭勤务员喊道。这时，从地上的某个地方，靠近酋长的膝盖处，冒出了一个年轻女子。她的肤色比周围的人要浅一些，鼻子不如典型的西非人那样扁平，嘴唇也没有那么厚实。她站到普雷斯科特的桌前，与他面对面时，她的黑眼睛做梦般盯着前方。

她穿着靛蓝色的短袖上衣，披着白色披巾，她的银手镯在阳光下闪闪发光，银耳环也随着她的一举一动闪闪发光。她有几分不可思议的吸引力。

负责翻译的警察问她叫什么名字。她望向面前三名白人男子的头顶上方，以一种平静但犹疑不决的语调开始讲话。她半是回答，半是自述，讲述了下面的故事：

"我叫蒂蒂，住在马诺村。我没有男人。我为我的父母干活。我父亲是孔蒂酋长的'大人物'之一。大约一周前的一个晚上，我们吃完肉排后，父亲、母亲，还有兄弟姐妹们都去睡觉了，我独自留在阳台上。锅子炖完肉排后还没有洗，为了省去第二天早上洗锅的麻烦，而且那天晚上月光很亮，我就把锅子收拾好，走到水边。我开始洗锅，然后我听到低低的声音——是有人说话。我很害怕。夜已经很深了，村里人都睡着了，我害怕这么晚还在外面游荡的人。于是我躲到岸边的一堆象草后面。我看见六个人沿着小路从村里走来，走在前面的是马盖，酋长的首席吊床男孩。他拿着一捆香蕉叶，我看到有血滴下来。他走到河边，坐在岸边的一块石头上。另外五个人分别是酋长的大哥苏里，苏里的两个儿子盖格巴和布里马，酋长的姐夫，还有发言人、首席顾问坎加朱。他们都坐下来。吊床男孩解开包裹，把里面的东西摆在他们中间的两片香蕉叶上。我看到了红色的肉，但不知道是什么动物的肉。

所有人都伸手过去,拿了一块吃掉。那吊床男孩从剩下的肉里拿了一部分,包成一小包,其余的都扔进了路另一边的灌木丛里。然后他们六个人在河边洗干净手,回到了山上的村子。我害怕极了,等了一小会儿才回家。第二天我早上醒来时,听见村里所有人都在哭。我听说豹子抓住了一个叫森图的小女孩,她是酋长儿子莫莫杜的女儿。这就是我所知道的一切。"

所有听众,包括那三个白人,都目瞪口呆地听着这个黑人女孩的故事。她的讲述仿佛梦呓,她有时闭上眼睛,即使睁开眼睛,也总是望向面前那三个欧洲人的头顶上方。

如果能被证实的话,这的确是证据。人群顿时陷入寂静。普雷斯科特的声音打破了沉默。

"看这里,我的姑娘。如果我一直和你在一起,我能看到你所看到的一切吗?"

女孩顿了顿,回答了问题,勤务兵翻译道:"不,先生。那女孩说,如果你在那里,你不能看到她说的那些事。她说,她一直在睡觉,她是睡觉时看到那些事情的!"

两个人的下午茶

雷吉·克罗夫茨在摩尔人茶室一个舒适的角落里预订了一个双人位。他与芭芭拉·普莱福德约了四点十五分的下午茶。但他很了解女孩子们的时间观念，尤其是这位女孩子。

预订好座位后，他就走出茶室大门，朝卡法克斯塔的方向去迎接他的客人。谷物交易所如往常般热闹非凡。人流中，匆匆赶往北牛津的是一群群穿着短裤夹克的年轻人，他们刚在水上训练完赛艇回来。去往相反的卡法克斯塔方向的学生则浑身沾满污泥，他们在伍德斯托克路的足球场和曲棍球场训练完，正赶往各自的学院。人群里有不少女大学生，但他怎么也找不到要找的人，而现在已经四点二十了。

他一边看,一边想着女大学生们是多么着迷于穿着学术服啊。当然,她们并不都是在上课或下课的路上,尤其是在下午这个不上不下的时间。他想,也许秘密在于女学生的学术帽,无可否认,戴学术帽让女孩子们显得更迷人了。他也曾经听到过对女大学生的嘲笑。他自己甚至也犯过同样的错误。但他争辩说——男人被迫放弃珍视的幻想时都会这样争辩——芭芭拉·普莱福德和其他女孩不一样。她可以是个女大学生,可以是萨默维尔学院的学生,还可以在第一次学位大考中考得比他还要好。但归根结底,她是个女人——一个惹人喜爱、有女人味、可爱的女人。他不在乎她能取得什么样的学术成就。

像这样在大街上等人当然很烦人。现在是四点二十五分,而约定的时间肯定是四点十五分。但是,他太不了解大学里女教师的作风了。也许她们并不看钟,也许她们确实把补习时间定在了不幸的女学生们本该在河边或曲棍球场上训练的时候。总之,不管出于什么原因,在十一月一个寒冷的下午,他和一生中遇到的最迷人的女孩约好见面,但没有任何迹象表明这个可爱的姑娘还记得这次约会,这样的等待的确让人透心凉。

他脑海中冒出"订婚"二字,让他心里略微好受了点,但这并没有改变现在已经四点半的事实。一辆嘈杂的公共汽车从沃夫寇特驶来,在到达指定停靠点之前,被堵在了卡法克斯塔。一位乘客却因此节省了几步路,她灵巧地走下站台,迅速穿过车流和行人走来。

"嗨!雷吉!真抱歉!邓福德小姐不让我走,她一定要确认我真的理解了亚里士多德《伦理学》的最后一章才放我!"

原来是这样。这些现代密涅瓦女神的确会强制学生们在下午——而且是下午茶时间来上课。雷吉真想痛打亚里士多德和邓福德小姐一顿。不过在寒风中等待是有酬劳的,雷吉不得不承认,芭芭拉戴上方形学位帽的确非常漂亮,他无法想象她穿上别的衣服会有多漂亮。

她身材高挑、体格匀称,是个光彩照人的美人,一头棕色卷发从端庄的学位帽下方探出来,显得可爱极了。她敞着外套,露出里面色彩鲜艳的费尔岛毛衣,斜纹软呢短裙下是一双套着粉色丝袜、线条匀称的腿。她虽然是个运动型女孩,但有着完美无瑕的纤细脚踝和小巧双脚。

"没什么,"雷吉说,"我今天下午也没什么特别的事情要做。谢天谢地,热带研究的老师似乎不像萨默维尔学院的老师那么严格。我们上去喝杯茶吧。我得说,你要是一个下午都在讨论亚里士多德的话,肯定有点口渴。"

他们坐在舒适的椅子上,品尝美味可口的小圆烤饼和热气腾腾的中国茶,过去的烦恼也随之消散了。再过六七个月,雷吉就要出发去西非了,但他下定决心,出发前要向芭芭拉求婚。他有一个绝妙的主意,不出意外的话,他求婚成功的机会应当是很大的。但这个女孩是否愿意陪丈夫去被称为"白人的坟墓"的西非,却是另一回事。

她是个聪颖勤奋的学生,而且她叔叔是著名的圣托马斯学院的院长,这也就是说,她留在英国将前程似锦。尽管如此,他还是决定当天下午冒险求婚。

"圣安东尼学院最近怎么样?"芭芭拉问道,她靠在椅背上,在茶室柔和灯光的辉映下,宛如一幅迷人的画。她精致的五官洋溢着健康的光泽,一对红唇娇艳诱人。她已经摘掉了帽子,露出一头柔软的卷发,簇拥着精巧的耳朵,风情万种。

"哦,是这样,"雷吉回答,"关于那个非洲人孔蒂,有一大堆非常有趣的破事。我记得他的全名是亚他那修·塞普蒂默斯·孔蒂,简称塞普蒂克!他是一个彻头彻尾的基督徒,却是一个异教徒酋长的儿子。"

"我记得你跟我说,他带了一车妻子来上学?"芭芭拉说。

"啊哈,是的。"年轻人回答,"不过,他是个基督徒。你认识我们的古典学老师布莱特伍德吗?那个瘦瘦的家伙,整天喋喋不休地嘀咕什么柏拉图、自由意志、决定论那一套废话?"

"我知道他,"女孩点了点头,"我听过他的讲座。他闲暇时,整个人洋溢着基督复临安息日会派的光芒——我相信他是非常圣洁的。"

"是的,就是这个家伙。他听说了孔蒂有两个妻子的故事。起初他不相信,以为是别人跟他开玩笑。后来,塞普蒂克加入了某个教会组织,而布莱特伍德刚好是那个组织的秘书或是别的什么人。一天晚上,礼拜结束后,他和那个非洲人谈起此事,然后两人吵翻了天。那个黑人似乎能把《圣经》倒背如流,他大段大段地背诵《圣经》经文,劈头盖脸地反驳可怜的老布莱特伍德,说一夫一妻制是圣保罗和早期教父的发明创造,《圣经》里根本没有规定。我可以告诉你,那是一场可怕的争吵。老布莱特伍德空有满腹的逻辑和学问,却被驳得瞠目结舌,任凭孔蒂耀武扬威。"

"那他是怎么安置那两位娇妻的呢?"他的同伴笑道。

"在圣约翰街或是惠灵顿广场的某个地方给她们找了个住处——或者用你的话说,一个后宫,我猜是这样。"雷吉回答,"想想看,再过几个月,天哪——我就要去非洲了,置身于成千上万个孔蒂之间!"

"他和学院其他人相处得怎样?"芭芭拉问道。

"不太见得到他,"雷吉说,"除了在学院大厅里。他虽然穿得很华丽,但看起来好像更习惯于用筷子什么的。他是来寻求真正的知识之光那套玩意儿的,他要回去向他的兄弟们灌输知识。他是我要去的那个殖民地的酋长的儿子。不过他考了六次才考过第一学年的"小考",而且在合格学位的第一次学科大考中也似乎运气不佳,我认为我不需要担心他的智力在我之上。从那以后,他很难在这方面超越我了。"

"我觉得你说的没错,"芭芭拉笑道,"想到你这么快就要走了,真难受。"说最后一句话时,她的语调柔和了许多。

"很多人可以取代我的位置,"雷吉故作潇洒地说,但他一点也不潇洒。他探身向前,隔着中间的小桌,直视芭芭拉的眼睛,"你知道的,我不希望你觉得我是个过于多愁善感、软弱无能的人,但你刚才的意思是,或许你会想我——有那么一点点想我?"

女孩红润的脸色略微加深了一些。她目光下移,不去看他的眼睛,嘴里似乎发出了一声若有似无的叹息。她喜欢这个坦率、英俊、充满活力的年轻人,他不满足于留在英国,靠一笔安稳而微薄的薪水过上狭隘、无趣的生活,他无惧打破所有将他留在祖国的束缚,而是鼓足勇气去一个陌生的国度挑战全新的、雄心勃勃的生活。关于这个国家,如果她所闻只有一丁点是真实的,那么"白人的坟墓"就不会是徒有虚名。芭芭拉·普莱福德并不是个多愁善感的人,她会非常自豪地这么说。她那一代人中,很少有女孩会对这样的"指控"认罪。在牛津的三年,她曾经与几十个大学生跳过舞、打过桥牌和曲棍球,她曾送别多少前往印度、澳大利亚和欧洲大陆的年轻人,却从没想过以后是否还会再见,她也不在乎。可现在,她意识到再过一两个月就要送别雷吉·克罗夫茨去往西非,这种前所未有的感伤涌上了心头。这让她感到不安。

她最近总是想起雷吉,但她从没想过她对他的喜欢有更深的根基,直到现在她突然意识到他将永远地离开她的生活。他英俊而热切的脸隔着小茶桌探过来时,让她明白了一件事情,他的神情以一种响亮而清晰的声音告诉她,就好像他大声说出了那些话似的:雷吉·克罗夫茨爱她,而且爱她爱到了骨子里。

意识到这点时,她也明白了,她也发自内心地爱他。

"哦,是的,我当然会想你。"这句话听起来很勉强,很奇怪,"毕竟你不会离开很长时间,我记得你说过,是十八个月?"

她的目光再次与他的目光相遇,但她不忍再去看他坦率的目光中闪烁的激情,她稍稍转过身。茶室里的人慢慢走光了,没人能看到角落里的他们。

雷吉指了指旁边的那张椅子,芭芭拉站起身,走过来,坐在椅子上。

她还没意识到发生了什么,他就用双臂搂住了她,她没有反抗。他的脸几乎贴到了她的脸上。

"芭芭拉!芭芭拉!我爱你!"他的声音因激动而沙哑,"你爱我吗?哪怕只有——只有一点点?亲爱的!"

女孩没打算阻止他。她的双臂很快搂住了他的脖子,他紧紧抱住了她,他们接了一个漫长而热情的吻。他已经知道自己问题的答案,这正是他所盼望的答案。

他们重新回到现实。在学期间,牛津大学的茶室可不是恋人的天堂。虽然其他客人已经走了,但女服务员肯定会很快拿着账单走过来。芭芭拉回到自己的座位。仅仅为了盈利,就不得不让人退出极乐世界,这太令人厌烦了!但芭芭拉和雷吉都是理智的人,明白必须面对现实。

"那就这样吧!"芭芭拉说道,体内的激情找到出口之后,她的态度变得自然而平静。

"你吃了两块还是三块奶油包?喝了中国茶还是别的什么茶?我猜一个订过婚的男人总是容易忘记这些小细节——但服务员可不会!"

"订过婚!"女孩嘲讽地惊呼,"我倒想知道你和谁订婚了!"

"哦,得啦!我说,"雷吉回答,"反正,我想一个姑娘吻了一个男人,不可避免的结局就是订婚嘛!"

"我的老天!"芭芭拉笑着喊道,"如果是这样的话,那么我在这个世界上一定有很多未婚夫。"如果你认为雷吉听了这话,心里会泛起一丝醋意的话,那么你错了。但他还没来得及反驳,姗姗来迟的服务员终于现身,开始结账了。

圣安东尼学院的孔蒂

圣安东尼学院的大厅里一片喧闹、匆忙的景象。晚餐的铃声已经响起。通往门厅的古老台阶上挤满了本科生，他们拥挤着经过一列在橡木大门前等候的校工队伍。这几扇橡木大门，正是查理二世暂住牛津时，被衣冠楚楚的廷臣们擦拭过的那几扇。穿着各式服装的学生们正等待学院院长和教师们的到来，他们现在还不能在那一排排古老的硬木长凳上落座。这些长凳已经在牛津服役三四百年了，而且至少还能再服役这么多年。牛津大学自费生的学术袍比普通休闲外套还要短，并不很气派。新生们流行把袍子撕成破破烂烂的布条子挂在破旧的方领上，因为都希望被误认为是二三年级的老生，但这样做反而失去了最初设计者所期望的尊严或意义。

但在本学期的"新生"中，至少有一个人的学士服是簇新光鲜的，也许是直接从高街裁缝店的橱窗里买来的，这使塞普蒂默斯·孔蒂先生——简称"塞普蒂克"——在同伴中显得格外醒目。

如果当晚普雷斯科特局长先生、马哈菲医生或是格里格森上尉出现在圣安东尼大厅，他们肯定难以相信自己的眼睛：那个穿着灰色法兰绒长裤、费尔岛毛衣，戴着蓝色丝质硬领和学院领带，外表沉稳、衣着整洁、静静等待祷告的年轻人，会是巴特卡努那个放荡老酒鬼老孔蒂酋长的儿子，更不相信他是个食人者的儿子，如果警察局长的怀疑有一半是真的。

院长今晚迟到了。只有一位教师，也就是几天前在《圣经》论战中溃败的高级导师布莱特伍德，已经来到了为教师专设的高桌前。本科生们开始躁动不安，因为他们都已经饥肠辘辘。喊喊喳喳的谈话声四起，很快响起了几声跺脚声和鞋子挪来挪去的声音。因为厌倦了站着等待，不少人忍不住坐了下来。

院长终于出现了，所有人立刻站起来。院长佩林博士一边与另一位教师热切交谈，一边像检阅军队的将军似的，迈着庄严的步子穿过整齐的队伍，走到座位上。

在高桌上用餐的人不多，只摆了半打餐具。大厅的门都是紧闭的。

院长用一根镶银边的橡木小木槌敲了敲桌子，等大厅里寂静无声了，他先向高级学者布莱特伍德鞠了一躬，对方朝他回鞠了一躬。然后，他开始滔滔不绝地念起了古老的拉丁祈祷文，没有丝毫停顿，仿佛在引述某本古老法典似的。

圣安东尼学院的教师队伍汇聚了各路奇才。院长佩林博士或许是他那个时代最优秀的希腊学者，当然也是同时代牛津大学所有学院院长中最粗野的那个。他又瘦又高，鹰钩鼻，雪白头发，戴着厚厚镜片的眼镜，走路的时候总是弓着背，仿佛某种寻找猎物的猛禽，无时无刻不在窥视着周围的小鱼苗儿。他在一只巨大的银质高脚酒杯前坐下，那酒杯乃圣安东尼的荣誉之杯，一般只有院长的座位上才有资格放这个杯子。

院长右边坐着古典学教师安德鲁·布莱特伍德，他是虔诚的基督徒，雷吉·克罗夫茨已经向芭芭拉讲过他在那场有关婚姻的论战中一败涂地。院长和这位高级教师一直相互敬爱，大家都认为，待佩林博士去世或退休后，布莱特伍德将接替他的位置。后一种情况根本不可能发生，佩林博士已经年过八旬，身体非常硬朗，大有希望活到九十岁，而且他的头脑还和以往一样敏锐。

他左边是系主任——尊敬的奥托·布兰德牧师。他五十岁左右，学术上没有什么特别的成就，却是一个优秀的管理人员，在学院年轻人中大受欢迎。他对基督教的信仰是真诚的，但属于大男子作风、轻松活泼的那派。众所周知，布兰德先生偶尔也会冒出一句"该死的"，大有挑战早期教父们的气势。院长不喜欢他，但也害怕他，因为院长总觉得，要纯粹论粗野，他很可能与自己不相上下。

高桌小团体中最健谈的成员就是塞缪尔·泰勒先生，他是伦理学教授，专研该领域某个深奥分支。他著述了多部该学科的鸿篇巨作，都是有关他学科的——不管那是什么学科，都花了两个畿尼金币出版，结果却被堆积在查令十字街尘封的箱子里，并以六便士的贱价处理。他又高又瘦，习惯于以圆滑而又愤世嫉俗的态度对一切事务发表批评。泰勒先生积极提倡平等对待有色人种，虽说他从未去过他们的国度，也从未与他们打过交道。

其余两个人，一个是阿德里安·巴恩斯，他做了很多年的刑法学高级讲师，是一个胖乎乎的小个子秃头男人，总是满脸怒容。他正埋头品尝美食和美酒，别人几乎都懒得搭理他。即使他们对他说话，他也很少回答。

这个小团体里资历最浅的成员是亚历克·弗格森。他一两年前才拿到学位，而成为学院董事还不到一年。事实上，他几乎还没有从本科阶段走出来，但他不高兴别人提醒他这点。他脸色苍白，头发浅金，身体结实，俊秀出众。弗格森喜欢生活中美好的东西，不管是华服还是别的。如果他没能尽早结清账单，那又有什么关系呢？真是的，这些牛津的裁缝和酒商都是该死的富人，就算他不付账，他们也不会有什么损失。他们还向那些爽快付账的家伙额外收取高额费用，以弥补弗格森的拖欠造成的损失。而且，不管怎样，对于任何一个裁缝来说，像他这样一表人才的顾客就是活广告。就是这样！弗格森用笔名出版了一部小说，他本希望这会是一部大胆的惊世骇俗之作，甚至会导致被禁的苦涩后果。可惜发表后根本无人问津，只有一个寂寂无闻的评论员在一家乡村小报上称其"乏味、冗长、幼稚"。已装订的书大多都廉价出售了，而未装订的书页都作为包装纸，出售给了印刷厂附近的一家瓶子包装厂。弗格森先生是个格外摩登的人，总想找机会干点什么，震撼一下那些年长同事的脆弱神经。

"我听说我们的朋友孔蒂在咱们学院适应得非常不错。"系主任以他最油滑的语气说。

"我认为，"院长厉声打断，他这会儿比任何时候都更像猛禽，"除非孔蒂先生在学术才智上的努力能略微更有成效一些，否则'非常不错'似乎并不确切。据我了解，他考了六次才通过学位初试，即便这样，他也是克服了极大的困难才勉强通过。他导师告诉我，他可能至少要花两年时间甚至更久，才能通过文学学士的第一次学科大考。"

"恐怕是这样的，院长，"布兰德先生波澜不惊地继续说，"但我想你会承认,对于他的情况,是必须做出一些调整的。"

"我一直认为,"泰勒教授用他惯常的彬彬有礼的语调说,"我们白种人自认为是文明人,从来都不能完全站在我们有色同胞的立场上——从来都不能完全理解他们的观点。"

"无法管理太多的妻子,也无法学会将槟榔汁喷得到处都是的迷人习惯,教授。"具有叛逆精神的弗格森说。

"关于一夫多妻制的问题,"高级导师加入进来,语调很温和,"我最近思考了很多,我……"

"请问布莱特伍德夫人对此有何高见?"弗格森说。

系主任毫不掩饰地大笑起来,连院长的眼睛都闪烁着兴奋的光芒,巴恩斯先生一口吞掉了半杯雪利酒,教授先生则不悦地哼了一声。

"我并不想暗示,"当相对平静的气氛再次占上风时,高级导师布莱特伍德继续说,"我自己有任何采纳一夫多妻制社会习俗的倾向,但我得承认……啊……这个……经过深思熟虑……如果我可以这么说的话……我得出一个结论,严格地说,这种做法并非完全不符合基督教的道德规范,据我们所知,在基督教最早——极早期的时候,它是符合教义的。"

"先生,您是在暗示,"院长恶狠狠地低声嘶吼道,"您打算牺牲您的一个终生信念——打破幸福的家庭——过上毫无道德的放纵生活,就因为您的逻辑训练不足以让您与一个刚入学的非洲新生辩论？"

可敬的布莱特伍德窘迫得恨不得脚下大地登时裂开，把他吞没。他还来不及进一步阐明自己的理论，或是找到合理的解释，弗格森就再次发起了攻击。

"我想，"他说，"您将会是第一个同意这个观点的人：一个人应当有勇气捍卫自己的信念。我并不认为有任何史料曾因所罗门王的博爱型——甚至可以说兼收并蓄型的婚姻原则而谴责过他。"

巴恩斯先生自命不凡地接着说——当美酒开始流经他的血管时，他内心的那个律师开始蠢蠢欲动："恐怕，在本国目前的社会状况下，您的任何尝试，先生……"他将身子倾向布莱特伍德，"您将您的理论付诸实践的任何尝试，都可能会使您严重违反当今教会确立已久的教规，以及本国的法律。毫无疑问，偶尔有立法者——像荷马——会表示赞同，而且他们的裁决在未经专业训练的人看来，可能有点武断。但一个不变的事实是，法规毫不赞同这种被称为重婚的做法。事实上……啊，我今天早上就在讲这个问题。"

"我认为，"院长开始有点可怜那位困惑而狼狈的高级导师，他慢条斯理地宣布，"咱们的谈话再这样继续下去，就要有失高桌宴会的体面了。"

布莱特伍德长舒一口气，系主任咯咯笑起来，弗格森本打算发起下一轮猛攻，故作正经地提出关于一夫多妻制家庭中不同妻子的子女财产权的问题，闻言也就此打住。

引发教师们这番谈话的那位无辜的学生正坐在新生那桌的座位上，与新认识的伙伴们聊得正开心。米迦勒学期[1]已经过半，他已经成为一个很受欢迎的人。他的野蛮在消退，已经开始明白，每顿饭都点香槟未必是高雅，而是因为你碰巧有一笔相当可观的零花钱。在"海岸"的大市镇里，当地知识分子都认为，在重要聚会，包括节日聚会或其他场合，在身上显眼的位置佩戴钻石代表最高雅的品位。但是，当他第一次在圣安东尼的大厅吃晚餐时，他穿上了全套晚礼服和硬胸衬衫，佩戴了一只正面足有六便士硬币那么大的钻石，以及一对镶嵌着硕大红宝石的金袖扣，人们的反应却让他感到不太对劲。

事实证明，孔蒂适应能力强，脾气温和，乐于取悦别人。自从知道在足球场上用左手直击对手下巴，或是从对手那里抢球时猛踢其小腿都是犯规行为之后，他便成了一个相当有用的球员。甚至有人暗示他有潜力进入牛津大学校队，成为"蓝色荣誉者"。他的确极为轻盈、敏捷，而且他为自己的球队奋力拼搏的热切愿望是不容置疑的。就连巴克，那个在他初抵牛津当晚的小插曲中，对他侧目而视的门房，现

---

[1] 牛津大学的秋季学期。

在也被感化了。因为这个黑人的小费比任何其他本科生的都要丰厚。孔蒂的教堂教友曾和他讨论过，并指出了他将有多大机会通过自己卑微的努力，将灵魂从黑暗中拯救出来。

关于他妻子们的话题，孔蒂讳莫如深。她们在圣约翰街的住所里过着深居简出的日子。她们很想去大学里探望她们的丈夫和主人，可都被坚决阻止了。偶尔会从她们的公寓里传出几声尖叫，这向路人们表明，尽管孔蒂如今浸润在西方文明中，但他至少还有一种来自西非的观念没有被根除：对待泼妇的最好办法就是把她痛打一顿。

对这位黑人新生来说，总体上日子还算惬意。他有点惊讶地发现，在这里，在白人自己的国家，黑人至少被看作是与白人平等的，在北牛津的茶会上尤甚，他发现自己是个香饽饽，大学教师的夫人们常常争相邀请他参加她们举办的娱乐活动。而在他遥远的非洲老家，他遇到的几个欧洲人待他却截然不同。巴奥马的白人医生马哈菲尤其瞧不起他，即使是在他那位身为最高酋长的父亲的巴特卡努村里。

但有一件不称心的事情。经历了五次败北，并在一位伦敦家教的辅导下艰难地死记硬背了无数个小时后，他才能勉强通过学位初考。但第一次学位大考就像一堵不可逾越的高墙般耸立在他面前。残酷的白人在他和他的学士学位之间竖起了这道智力障碍，他故乡再厚的象草丛也不会比这道障碍更难穿越。他修了一门拉丁文课，而他的拉丁文教师曾表示，仅靠自己的话，他完全没有机会通过下学期横亘在他面前的艰难考验。因此，他请了一位住在瑙伦园的私人教师戴先生帮他补习。当他的本科生同学们在球场或水上玩耍时，他却花费大量时间在家里勤学苦读。

当晚大厅的夜宴结束后，他径直回到第二方院那幢镶着橡木饰板的老房子里，在复习笔记的帮助下，再次与艰深的西塞罗《腓立比书》作艰苦卓绝的斗争。自伊丽莎白女王时期这座老房子建好以来，这个古老的房间已经见证了许多奇怪的场景，但都不会比眼前这幅场景更加稀奇古怪了：眼前这个皮肤黝黑的西非人，正在刻苦钻研古罗马最伟大演说家的精妙论述，而他的前几辈祖先不久前却还在热带丛林里赤身裸体地狂奔呢。

他刚在熊熊炉火前的明德椅上舒适地坐好，就响起了一阵敲门声。他的校工汉斯洛普走进来，这是他回家前最后一次来点卯，看看有什么吩咐。孔蒂没有什么吩咐。

"那好，晚安，先生。"他说，"我在门房发现了这几封信——是六点钟的邮车送来的。"

他离开了房间，孔蒂一一检查了信件。其中一封是一个伦敦书商寄来的，显然是账单。他把这封信扔到一边；第二封信上有巴奥马的邮戳，巴奥马是他那酋长父亲的领地大本营。邮戳日期是三个星期之前,他迫不及待地撕开信封,在这片陌生而遥远的土地上,来自家乡的消息是备受欢迎的。老孔蒂酋长不会写字,不过即使他有这个本事,在他清醒的时候,也难说他是否能经常拿起笔来写字。他不太懂英语,他想要说什么话,都必须让书记员来翻译、记录,而这位书记员仅受过最基本的教育。但对这位黑人新生来说,要理解信里的内容并不难。

巴特努卡,1928年10月31日

我亲爱的儿子,

来信收悉。我已经给你汇了四十英镑的汇票,时局太难了。警察局长征收了税款,由于许多心术不正的人没有及时支付税款,我不得不为他们垫付了,以免引起争吵。我已经为你付了很长时间的钱,目的是让你在牛津大学好好学习并取得学士学位。现在,我的儿子,你告诉我你不能在短时间内通过考试。如果这是真的,恐怕你必须马上离开牛津回家。你不得不在没有拿到学位证书的情况下离开牛津,这会让你的父亲丢脸,并让警察局长和那些白人嘲笑我。我——你的父亲——现在告诉你,如果明年你还不能通过你所说的第一次学位大考,你就必须马上回家,我不能白白花钱。警察局长对我施压很重,他甚至说,他认为我这个最高酋长知道那些豹子谋杀案的秘密，是我的人一直在做这些事情，这会给我带来麻烦。米亚塔和雷吉娜还好吗？你的另外三个妻子千百次地问候你。伊萨塔上周生了一对双胞胎。记住，如果你最晚到明年还不能通过考试，你就得回家了。

你亲爱的父亲，莫莫杜·孔蒂。他的X标记

Z. 以西结·摩西斯，最高酋长秘书代笔

这封信对塞普蒂默斯·孔蒂是一记沉重打击。他那穿着白色兔毛皮草和气派的长袍荣归故里的梦想破灭了。他一定不能，也不允许这样的灾难发生，他必须做点什么，而且必须马上去做。然而，根据他的导师和戴先生的报告，他下学期通过第一次学位大考的可能性微乎其微。他一怒之下把复习笔记和其他所有东西都掀翻到地上，塞普蒂默斯·孔蒂开始陷入思考，非常认真地思考起来。

惠灵顿广场谋杀案

但凡知道牛津城的人都知道惠灵顿广场。即使在最好的时节，这里也是个沉闷无比的地方。夏天，一排排一模一样用破旧黄砖砌成的房子都敞开窗户，窗台前的软木盒子里，摆放着一盆盆萎蔫的花，在开学期间洋溢着一种与周遭极不相称的欢快气氛。留声机和无线电发出的各种不和谐曲调在广场上回荡着。在出租钢琴的伴奏声中，年轻人用洪亮的男中音和优雅的男高音高声唱着。一群群打算去河边游玩的人匆匆穿过广场，去往提姆船坞。冬天的惠灵顿广场则是另一番景象。广场中央的空地上积满落叶，长满了潮湿恶臭的植物，中间的大门也永远紧闭。一个流浪"歌手"在路边无精打采地哀号，因为惠灵顿并不在警察的常规巡逻路线上。冬日里，每扇窗户都冷漠地紧闭，一叶兰的叶子萧条地垂下，松饼和烘焙的茶点饼则提上了议事日程。

现在正是米迦勒学期，十二月的第一个星期将迎来期终考试，那是考试院里"真家伙"的模拟考。那是一个雨夜，大概时间是晚上十一点一刻，剧院不久前刚刚散场。雷吉·克罗夫茨披着湿淋淋的胶布雨衣，正送芭芭拉·普莱福德回萨默维尔学院的宿舍，然后再回他自己位于圣迈克尔街的住所。他们走过圣约翰街，进入惠灵顿广场。

"我觉得今天的表演很糟糕。"年轻人说。

"无聊得可怕。"芭芭拉回答说，"不过我敢打赌，几个月之后，你甚至会渴望看到这么一场蹩脚的演出。"

"可怕的想法！但从我收到的一封信来看，他们非洲人似乎有时会举行一些相当有趣的表演。我在班上认识的一个小伙子，现在在塞拉利昂当警察，我们一直有联系，他似乎过得很开心。据我所知，他正在追捕那些道貌岸然、假扮豹子生吃婴儿的食人族。我觉得这简直太刺激了，反正比这些天来剧院上演的一些垃圾要好！"

可是，说到食人族的事情，而且就发生在雷吉马上就要去的那个国家，令芭芭拉产生了一些不好的联想，几乎让她无法安心。他的语气轻描淡写，她却忍不住打了个寒战。

"可是，雷吉，他们现在肯定不会吃人了吧？为什么你给我看的那些政府小册子上都是关于学校和教育之类的数据。还有,你看看孔蒂先生。"

"是的——确实应该看看他。但我要说,他的文明不过只是表面现象,他的宗教信仰也是如此。那么他的后宫呢?我相信,那两位美丽的少女就住在这条路上的某个地方。"

他们拐进了惠灵顿广场,然后从小克拉伦登街出来,进入伍德斯托克路,踏上通往萨默维尔学院的最后一段路,经过一个急拐弯时,他们差点撞上一个形迹匆匆、撑着湿淋淋的伞的人。

"请您原谅,小姐——非常抱歉!都是我的错。"

那人把伞举高,女孩看到了他的脸。

"嗨!"她惊呼,"是图古德教授!我敢肯定,我们也有错!"

"你们没错,我亲爱的小姐!一点也没错。"老教授苦行僧般的清癯面孔绽放出灿烂的笑容,"很久没有见到你和你叔叔了,我现在不常出门,尤其是在这样的晚上,但今晚我和几个老朋友约在伍德斯托克路上共进晚餐。你现在怎么一直不来看我们?"

图古德先生是拉丁文钦定教授,和妻子住在博蒙街。芭芭拉正要回答,教授注意到了她的同伴。

"啊……"他眼镜下的一双眼睛露出了调皮的笑意,"我想,我猜到原因了!我听说你们订婚了。先生,容我向您表示祝贺。"

雷吉微微羞红了脸，但老教授的祝贺显然是诚心实意的，他用力地握了握教授的手。

"好啦，好啦，"图古德先生说，"今晚可不适合在外久留。不过，我们得再见一面，而且要很快再见。我会让我妻子给你写信的。晚安，晚安。"

教授说完，消失在拐角处，两人继续往萨默维尔学院的大门走去。雷吉把芭芭拉送回萨默维尔就走了，她是获准出来陪未婚夫去剧院的。

……

远处，汤姆塔微弱的钟声渐渐消逝。已是凌晨一点钟，警员梅里利斯拐进惠灵顿广场，他的身子在淌水的斗篷下哆嗦。的确，雨已经停了一会儿了，但留下了一些令人不舒服的东西。空气潮湿而寒冷。他在圣约翰街没发现什么异常，不过，他也从未发现过任何异常。

阴冷空旷的惠灵顿广场花园的铁栏杆阴森森地耸立在他面前。他用灯笼的光照了照邮筒，没什么值得注意的，他也从未想过那里会有什么，但责任就是责任，因为他是个警察。在深夜和清晨，其他人可能正在床上酣睡，但他的眼睛必须警醒，时刻去注意他们看不到的东西。他绕着惠灵顿广场艰难跋涉，借着灯笼的光查看每座房子的各个角落。他时不时将灯笼的光照向广场的内侧，机械地照亮包围着这座阴郁花园的肮脏绿漆栏杆——这只是出于习惯，而非真正发现了什么。

有什么东西吸引了他的目光，在警员梅里利斯枯燥的例行巡逻中，任何不同寻常的迹象都是一种调剂。的确有异样——原本无数栏杆的顶端形成一条连绵不断的直线，却在某点被打断了。那东西看起来像是一顶帽子———顶黑帽子。他想，肯定是某个大学生的恶作剧。十一月五日已经过去了，但是，这些年轻的先生总想着搞些小动作，这似乎不值得去调查。他用灯笼照了照周围的房子，然后就可以结束绕广场一圈的巡视了。他正准备转入小克拉伦登街，结束今晚的巡逻。但现在还不是回警察局汇报的时候，他决定再去看一眼，近距离地检查一下那个引起他注意的东西。

他慢慢穿过马路，来到紧闭的花园大门附近的栏杆前，这里的几扇大门永远紧闭，禁止人们进入里面荒凉的园子。他再次把灯笼的亮光照向那顶帽子。是的，是一顶帽子，一顶灰色软帽。他想，这是一顶叫作洪堡帽的毡帽，总之，是一种年轻人戴的绿色、淡紫色或紫色的帽子。

他伸出没有提灯的左手，把帽子从绊住它的栏杆尖端上取下来，从容不迫地检查起来。

这是一顶很新的帽子。帽子衬里上有几个镀金字母，是宽街上一个裁缝的名字，但没有任何迹象表明它的主人是谁。帽子是湿的，当然了，因为夜里早些时候下过雨。梅里利斯决定把它带回警察局。这是一件失物,这点毋庸置疑。因为它太新了,不可能是被主人丢弃的,很可能是某个恶作剧的结果。

梅里利斯把灯笼放在栏杆下方的矮墙上,准备把帽子叠起来,这样更便于携带。他感到手与帽子接触的地方全湿了,而且非常黏稠。他把帽子挂在栏杆中间,拿出一块手帕擦了擦手。他又举起灯笼,打算看看帽子上哪块更干燥,更方便拿。这时,他注意到手帕上有块深色污渍。他记得离家执行任务时,他妻子给了他一块干净的手帕,而在此之前——他敢肯定——根本没有机会用它,所以也不可能把它弄得这么脏。而且,这是一块全新的手帕,他上周六才在"谷物交易所"的伍尔沃斯商店买的,是一块有着可爱彩色花边的白色手帕。

他再次举起灯笼,仔细检查手帕。

是的,毫无疑问,是他用手帕擦去从帽子上蹭到的脏东西时,才粘上了一块深红色的污渍,看起来好像是血。

这很奇怪,他拿起帽子再次检查,是的,帽子的皮革衬里上有一大片黑斑,是湿的,是血。他还注意到,在血迹附近有一个参差不齐的洞或切口,除了这个部位,帽子其他地方都非常新。

警员梅里利斯停下来开始思考。这看起来不太像是恶作剧,可能预示着更严重的事情。梅里利斯将帽子挂回栏杆上,然后拿起灯笼,照向外面的黑暗。他看见花园里一个灌木丛中的树枝上闪耀着光或火花。灌木丛仍然是湿的，但这并不像是某根湿树枝的反光。他小心翼翼地把手穿过栏杆，伸向那根树枝。他的手指抓住了什么，不管是什么，那东西似乎是在发光。他把手收回来，张开手心，举起灯，发现手掌上躺着一副金色的眼镜。一块镜片不翼而飞，另一块破裂了，镜框也扭曲得不成型了。

现在，他的好奇心被彻底激发了。他把破眼镜放进胸前的口袋里，小心地扣上纽扣，准备进一步搜查。在稀疏的灌木丛另一侧的绿径上，横躺着一团黑色的什么东西，还有一半在环绕花园的泥地上，看起来像是一具尸体。

梅里利斯整个人已经进入高度警戒状态。他以前从未遇到过这种情况，只在平常读的小说里见过这样的情节。对于一个身手敏捷的人而言，围栏似乎并不是什么难题。他脱下腰带和斗篷，挂在栏杆上。几秒钟之后，他就跳进了惠灵顿广场花园，只是稍稍弄脏了警服。他的这身本事很了不起，只有少数人可以与他媲美。他小心翼翼地走近花园小径上那团一动不动的东西，用手摸了摸，没有任何反应。进一步调查表明，这无疑是一具人的尸体。

他记起了警察急救培训的内容，以及抢救显然已失去生命体征之人的方法，但他又想到一条规定，即在可疑的情况下应尽量不破坏现场。他没有移动尸体，只是摸了摸心脏上方的部位。他没能摸到任何心跳，尸体四肢已经僵硬而冰冷。

他用灯笼照亮死者的脸，发现死者是一个学者模样的白发老人，鲜血从其后脑的左边汩汩流出。死者穿着一件黑色大衣，在他想要确定心脏是否还在跳动时，他注意到死者穿的是浆得笔挺的衬衫和晚礼服。他确信以前见过这个人——在其生前，但他不记得到底是在哪里，而且他非常肯定他不认识死者，也不知道其名字。那人看上去像是牛津大学教师中的一员。

他很肯定这个人——不管是谁——已经死了，即使没有受过专业训练的人也能肯定这点。尸体趴在地上，头向后转过来，似乎死者在死前曾试图看清身后的偷袭者是谁。梅里利斯警员认为，无论如何，在没有援助的情况下，他几乎无能为力。大约一个小时前，负责巡逻的警长在博蒙街遇到过他。在去警察局报到之前，他不太可能再碰到警长。

第一要务是找到一名医生。他匆匆翻过围栏，决定先跑到博蒙街的雷蒙德医生家里。这时已经快到一点半了，他飞快地跑过圣约翰街，跑到医生家门口，按响了夜间门铃。他似乎等了一个世纪，医生才出现，那是一个年长的男子。

"对不起，先生，"警员说，"这么晚了还来打扰您，但是我刚在惠灵顿广场花园里发现了一个人——我想他已经死了，我想请您检查一下尸体。法医住得离这里很远，我没有办法联系上他。"

"当然可以，我的好兄弟，当然可以。"这位可敬的医生起初怀疑事情是否真的如此紧急，在这个诡异的时间来找他，他通常会有所疑心。但警员先生的话语和态度使他完全信服，有人需要他帮忙。"请等我穿上衣服，我马上和你一起去。"

"对了，医生，"雷蒙德匆忙爬上楼梯时，梅里利斯喊道，"我可以用您的电话给警察局打个报告吗？"

医生当即同意了。梅里利斯刚和上司通完话，医生就回来了。

"真是幸运，先生，"他说，"警察局长正好在警局里，他一会儿就会开车去广场。"

医生和警察快步穿过圣约翰街，来到惠灵顿广场。借着梅里利斯提灯的光线，他们很容易就看清了那座荒园里的惨状，接下来的问题是如何帮助年迈的医生翻越围栏去检查尸体。对身手敏捷的年轻警员来说，翻越围栏不是什么难事，但对医生先生来说，完成这一壮举是很难的，他断然拒绝了这一尝试。

"我非常愿意尽我所能去扶助正义，"他说，"但是，我年纪大了，又有风湿性关节炎，要翻过这么高的栏杆是不可能的。谁保管着这扇门的钥匙？"

可是，要拿到惠灵顿广场这座神圣花园的钥匙，简直和拿到天堂的钥匙一样难！正当两人为这个新难题发愁时，传来了汽车的声音，是警察局长到了。一辆整洁漂亮的双座汽车停了下来,牛津市警察局长让司机等在车旁,自己快步走过来。

"早上好,先生们——因为现在确实是早上了,"他对雷蒙德医生说,"抱歉,这么早把您叫出来。但是从刚才梅里利斯和我的那通电话来看,似乎发生了很严重的事情。您看过尸体了吗?"

"不,福斯特,我还没有看过。"他向局长解释了眼下的困境。

"我敢说,我不知道是谁保管着这个地方的钥匙,"警察局长说,"而且,我认为没必要到处去打听。我觉得,这次我们可以把主动权掌握在自己手中。史密斯!"他叫来司机,"把你能拿得动的最大的扳手拿给我!"这会儿,梅里利斯走到之前放帽子的栏杆前,想找回他之前发现的那顶帽子,他喊道:"抱歉打断一下,先生。我之前发现一顶帽子挂在这里的栏杆上,我跑去找医生的时候,把它留在了这里。那顶帽子沾了血迹,但现在它不见了!"

不等他进一步解释,警察局长福斯特——这位高大威猛、体格健壮的退伍军官——就已经拿起一件看起来很厉害的武器,不一会儿就砸开了花园的门锁。

他走近那倒在花园小径上一动不动的黑色人影,医生和警员紧随其后。他弯下腰准备仔细检查,却突然后退一步,仿佛中了一枪似的。

"天哪!"他喊道,"是图古德教授!"

结算室

惠灵顿广场惨案的消息一传开，整个牛津大学震惊不已。这位已故的图古德教授一直以来深受所有人欢迎，他在大学里和在牛津市里一样很活跃。凡是与牛津市贫困市民的社会福祉相关的会议上，总会出现这位心地善良、头发花白、戴金框眼镜的教授那熟悉的身影。凡是请他捐款的当地慈善机构，只要在他有限的财力允许范围之内，善良的图古德先生都不会让人失望。他作为拉丁文教授在欧洲享有盛誉，对于他在该学科领域做出的杰出贡献，美国人也争相赞誉。

《泰晤士报》严词谴责了图古德教授谋杀案的凶手，《牛津时报》也不甘落后地表达了对死者的深切哀思。图古德教授最后一次公开露面，是在学院举办的题为"奥古斯都时代的文学"的讲座，那次讲座座无虚席，听众中不乏来自英国、法国、德国等多国最杰出的学者。可当公众再次注意到这位教授时，已经是天人永别了。

格洛斯特绿园这个名字带有一种近乎浪漫的意味。不知何故，它让人想起往昔时代的快乐嬉戏，人们仿佛听到了马铃的叮当声，四海为家的小提琴手演奏的欢快小调，还有强壮男子和丰满少女的乡村舞蹈，这一切都存在于只在歌谣和故事里听说过的那个时代。可惜这是一种幻想。现实中，牛津大学的格洛斯特绿园并不能让人产生如此愉快的联想。这是一个铺着鹅卵石的混凝土广场，周围是一圈沉闷的红砖房和其他建筑。广场的绝大部分被分割成多个单元，都用铁栏杆围起来，每周三上午，牛羊会在这里的集市转手。这个并不可爱的广场的正中央，矗立着一幢低矮的建筑，其中设有市殡仪馆和结算室——多么不祥的名字！平日里，结算室只是一天交易结束后农民们结算账目的地方，但市里但凡有暴力致死案件，也通常会在这里进行调查。

已故的教授是牛津大学的常住居民，虽说他的尸体是牛津市警察局的警员发现的，但所有这类案件里，大学验尸官有主张知情和负责审讯的权力。停尸房距离这间用作法庭的房间非常近，所以已经就该用途与市当局达成了使用该建筑的常规协议。

阴沉沉的十二月中的一天，在格洛斯特绿园那间光秃秃的小结算室里，上演了悲惨的一幕。大学的陪审团已经在隔壁的停尸房里检查了尸体，验尸官在那张朴实无华的木桌前坐下，警察局长福斯特受验尸官邀请，穿着制服出席了会议，因为不管陪审团的审议结果如何，牛津市警局都会有事情做了。

接受问询的证人有：教授的遗孀图古德夫人、发现尸体的梅里利斯警员、在死者丧命于惠灵顿广场前不久曾见过他的雷吉和芭芭拉、雷蒙德医生和警局的法医海伍德先生，以及当晚与图古德教授共进晚餐的大学教授萨森先生。

验尸官还没有作任何陈述。在这个细节上，大学的审讯程序和市验尸官的审讯有所不同。验尸官还不知道证人们将会提出什么证据。沉闷的雨滴不断地敲打着结算室高高的玻璃窗，这时，第一个证人走到验尸官桌前。证人宣誓后，审讯开始。

图古德夫人是已故教授的遗孀，年近七十，是个憔悴不堪的小老太太。她身穿黑色丧服，别人很难看到她的脸，因为她总是用手帕捂住脸，擦拭不断流淌的眼泪。她的证词总是被痛苦的啜泣打断，在验尸官的屡屡帮助下，她才勉强完成陈述。她的陈述如下：

"我是圣保罗学院的亚历山大·格劳秀斯·图古德的遗孀，他是牛津大学拉丁文钦定教授。我们住在博蒙街152号。我记得十二月三日那晚，我丈夫和他的朋友萨森先生约好了在伍德斯托克路共进晚餐。

我当晚头痛得厉害,不能和他一起去。他是七点一刻离家的,从此以后,我就再也没能看到他活着回来了。"

说到这里,这个柔弱可怜的小妇人已经完全崩溃了。验尸官安慰了她几句,暂时中止了诉讼程序,直到图古德夫人能够重新开始为止。她讲述了她在格洛斯特绿园的市殡仪馆认尸的经历,因为在征得大学的同意后,警察将尸体运到了那里。回忆起那可怕的一幕时,这个不幸的女人再次崩溃了。当她稍稍恢复一些后,验尸官又温和地问了她几个问题——显然,他并不喜欢履行这令人不愉快的职责,因为大学验尸官的职责很少被高兴地履行。

她说:"我的丈夫今年六十四岁。他身体非常健康,我们结婚三十多年了,从我认识他以来,他只看过两次医生,一次是因为流感,还有一次是大约三年前,他去洗澡时踩到了一枚生锈的钉子,脚指头感染了。"回答后面的问题时,她的嗓音里交织着对丈夫生前显赫地位的自豪,以及对他惨遭厄运的悲痛。

"我的丈夫没有什么敌人,不管是对大学里的同事,还是对牛津市里每个认识他的人,他都非常友好。他也不习惯随身携带很多钱,我想他那天晚上没有带很多钱。"

对这位可怜的证人的询问终于结束了,善良的验尸官、陪审团和少数几位听众都长舒一口气。

接下来是当晚邀请她丈夫共进晚餐的东道主——圣保罗学院的教师蒙塔古·萨森。他宣誓作证:"我与已故的图古德先生关系非常密切,他是十二月三日晚上大约七点半到我家的。我妻子去伦敦做客了,只有我们两个人吃晚餐。教授先生精神状态很好,和往常一样谈笑风生。他大约在十一点一刻左右离开我家,当时下着雨,他临走前最后一刻还一直和我谈笑。"

验尸官依照程序问了其他证人几个问题,雷吉·克罗夫茨和芭芭拉·普莱福德证实他们在十一点二十分左右在伍德斯托克路和小克拉伦登街的拐角处遇到了死者。从他的行为举止完全看不出他有什么异样。相反,他看起来精神很高昂。

下一位证人是警员梅里利斯,他讲述了他在凌晨一点左右是如何在惠灵顿广场发现教授的尸体,以及他是怎样向雷蒙德医生和警察局长请求帮助的。他肯定地说,在他离开现场去叫医生时,广场花园的围栏上还挂着一顶软毡帽,最初正是这顶帽子引起了他的注意,这顶帽子不久前还挂在围栏的尖头上,位置距离他发现尸体的地方非常近。他断定帽子是受害者的,他看到帽子的皮革衬里上有宽街上一个裁缝的名字,是镀金的,但没有迹象显示帽子的主人是谁。他离开现场去找医生时,没看到广场周围有其他人。当然了,广场的远处他是不可能看清的。很多窗户也面朝着发现尸体的地方。从他离开现场到他带着医生回来，中间大约过了二十分钟。前天夜里和当天凌晨时断时续地下着大雨，看不到任何脚印。

接下来传唤的是雷蒙德医生。他唯一能证明的事实便是，在抵达现场时他确定图古德教授已经毫无生命体征了。当时，由于天色仍然很黑，唯一的照明工具是警员的手提灯笼，所以不可能进行任何非常彻底的检查。

福斯特警长讲述了他是如何认出死者是图古德教授的。几年前，这位教授曾担任过高级学监，他们曾多次在正式场合打交道，特别是某年十一月五日的盖伊·福克斯之夜，当时大量学生聚众狂欢，共同庆祝这个历史性节日。当晚，牛津市警察局和大学警察通力合作，共同维护秩序。征得大学领导的同意后，图古德教授的尸体被送到了位于格洛斯特绿园的市殡仪馆，这样的安排便于案件调查，因为审讯将在结算室举行。在教授的上衣口袋里发现了一个笔记本，里面夹着两张一英镑和一张十先令的纸币、一本记事簿和几封旧信。左边裤袋里还有大概十先令的硬币，右边裤袋里有一串钥匙。口袋和衣服都没有被翻找或弄乱的痕迹。无论如何，在本市市民的心目中，教授并不是个有钱人。他的左后脑残留着凝固的血迹。

最后被传唤的是警察局的法医海伍德先生。

"十二月四日凌晨一点三十分至两点之间，我在惠灵顿广场花园首次检查了死者的尸体。当时光线很差,所以我的检查很粗浅,但我能确定,死者的头骨有两处骨折,后脑左边的头发上凝结着血块,血是从一个小伤口流出的。我的看法是,死者死于非常严重的脑震荡和打击,这是有人用沉重的钝器猛击死者的后脑勺造成的。后来,我进一步详细检查了死者的尸体,我敢肯定,头骨底部的左枕骨上有一个小洞,小洞的切口很整齐,边缘处还留有灰色物质,毫无疑问这是小脑的部分物质被挤压所致。"

法医先生提到了更多技术性细节,随后结束了证词。

"以您的观点,"验尸官问道,"死者死于严重的脑震荡或脑部撞击,死因是左后脑受到重击,而不是那个用某种利器造成的、穿透至大脑的小洞。"

"我认为这一点是毫无疑问的,"海伍德医生回答说,"在脑袋上钻这个洞——我得说,这个洞钻得很仔细、很熟练——在如此重要的地方钻洞,本身就会导致教授的死亡,但这需要相当长的时间来完成。而且,刚开始钻洞时,教授肯定会痛苦地尖叫和大哭,广场周围的房子里肯定会有人听到。但如果教授一开始就被打晕,那么钻洞的人就有足够时间不受干扰地做事。受害者不省人事,他就可以不受阻碍、不紧不慢地继续钻洞。无论是头部所受重击,还是枕骨上所凿的那个深洞,其中任何之一都会导致死亡。关于真正的死因,我已经给出了我的理由。我要说的是，在我的第一次尸检前，也就是两个半小时左右之前，图古德先生已经丧生。"

"你说那个洞是钻出来的？"验尸官问道，"那么，你是否认为，这事实上是施行了某种外科手术？"

"我是这么认为的。"海伍德医生回答。

验尸官向陪审团提交了总结。他一再强调，这桩残忍的罪行夺去了本市和本大学最杰出——而且最仁慈，他补充道——一员的生命。真是难以想象，在牛津古城的辖区内，居然有人想要谋害像已故教授这样善良又与世无争的人。但事实无可否认：牛津的中心城区发生了一起最丑恶、最残忍的谋杀案，受害者则是牛津大学最受尊重、最有学识的居民之一。他认为，陪审团必须毫不犹豫地做出"蓄意谋杀，凶手不明"的判决。验尸官认为，难以确定本案的谋杀动机究竟是什么，除非本案凶手是个心怀不满的疯子，神经完全错乱，才会怨恨图古德教授，此外没有其他合理解释。他认为，陪审团应立刻排除图古德教授死于自杀的想法，而且，医学证据也完全排除了自杀的结论。

陪审团没有进行正式的退庭审议，而是通过陪审团团长——牛津大学最有名的教师之一，按照验尸官的指示做出了裁决。

人们纷纷走出这个简陋的小房间。教授遗孀无声地哭泣着，挽着一位悲痛欲绝的朋友的胳膊离开了。

梅里利斯是最后离开法庭的几个人之一，他在离开前转身看了最后一眼。看门人老约瑟夫·李正要从椅子上拿起之前放在那里的帽子，准备关门上锁。警察局长福斯特正准备离开，梅里利斯碰了碰他的后背，激动地喊道："我的天啊！先生，我看到了！"他指着李的手伸向的方向，"那就是我在惠灵顿广场发现的那顶帽子！"

再 见

图古德教授神秘遇害，让牛津以及整个英国都困惑不解。从惨案发生，到雷吉最终从牛津毕业并远赴"海岸"，中间过了几个月了，但案件的侦查没有丝毫进展。一个行为正直、生活清白的人就这样被无情谋杀了。有时候世事就是这样无常，即使是品行无可指摘，私底下也没做不可告人之事的人，也会因遇上打劫的歹徒而横遭厄运。

没有任何迹象表明，在十二月那个漆黑的雨夜，在惠灵顿广场谋杀这位拉丁文教授的凶手是为了劫财。因为老教授随身携带的贵重物品仍好好地待在他的衣服口袋里，分文不少。如果图古德教授真的死于蓄意谋杀的话，那么真的很难想象有什么理由，会让人去谋杀像他这样显然没有什么敌人的人。

当然，图古德教授和所有在学术界取得卓越成就的人一样，也是打过几仗的。但是，他们争论的主题是有关独立夺格的新理论、连词"cum"的革新用法、用或不用虚拟语气，以及对西塞罗书信中讹误段落争议颇多的修复。当然了，这些论战都是非常激烈的。

论战的战场是《古典评论》或《牛津杂志》的专栏。剑桥大学的著名学者马丁·布拉斯特德爵士是已故教授最强劲的对手之一，长久以来，他们就塔西佗《编年史》里某个恼人的段落里应该插入"nunc"还是"jam"而争论不休，而且图古德教授曾在这场学术论战里让爵士吃了个漂亮的败仗，但几乎不会有人怀疑爵士会铤而走险，去谋杀对方。即使这个想法对某些人非常有吸引力，但爵士有一个非常有力的不在场证明。如果他被要求自证清白，他可以证明，惨剧发生时他在剑桥大学自家床上睡得正香呢。

不管福斯特警长带领牛津市警方怎么努力，也不管牛津大学的学监们怎么辛勤调查，都没有发现丝毫线索。圣安东尼学院研究员、刑法学讲师巴恩斯先生正在按照自己的思路展开调查，他坚信警方完全走错路了。

"我没有研究过法律理论，"夏季学期的一个晚上，他在教师休息室里趾高气扬地说，"毕竟在某种程度上，它只是犯罪理论的补充——

我不得不这么说——而不能看清所谓实际生活中的警察所看不到的东西。警察看不见显然无解的犯罪之谜中那些细致入微的阴影部分——我愿意称之为明暗对比法——但人们也很难指望他们能看得见。"

"那么，巴恩斯，请问你有什么理论可以解释这桩可怕的谋杀案吗？"布莱特伍德先生探身向前，他那双冷峻的灰眼睛一眨不眨，流露出急切的神情。

"我正要继续说下去呢。"自命不凡的巴恩斯先生说道，他正讲得开心，哪知被高级导师布莱特伍德先生打断，他很生气，"我自己的一些看法可能会对本案产生重要影响。正如人类历史的悲惨教训告诉我们的，犯罪的最大诱因之一，就是快速获取财富的欲望。一句话，就是想要偷窃，想要非法占有他人的财产——花最小的力气快速致富。"他一直盯着盛放波尔图葡萄酒的雕花玻璃酒瓶。倒酒的速度比他期望的慢，于是他设法在酒瓶经过时抓住了它。他给自己倒了一大杯酒，喝了一大口之后，他感觉好多了，于是继续说道："据我们所知，几个月之前的那桩可怕罪行，让我们痛失当今一位最成就斐然的拉丁文教授，其犯罪动机并不是谋财。我们必须寻求另一种假设。拉丁文是一种诱人的语言，没有人比我更尊崇拉丁文了，它是美轮美奂的古典时期遗留给我们的最高贵的罗马文学瑰宝。但不幸的是，唉，那个时代作家创作的最美好的纯文学作品中，充斥着一种可悲的情欲感——甚至可以说是色情感。我只需提其中两位诗人的名字——奥维德和贺拉斯，你就会明白我的意思。无须我提醒你，对于拉丁时代每个已知时期的文学，已故的图古德教授都有深入研究和了解。现在，你无疑会明白我的思路。获取金钱只是暴力犯罪的两个主要诱因之一，另一个诱因，也许可以允许我说，是两者中更大的诱因，是与——呃——爱的感觉或爱的激情有关的。"

"作为一名教师——一名卑微的教师，我同意在人文学院教授逻辑学。我觉得我完全没能跟上你的论证思路，先生。"这位奉行禁欲主义和戒酒的高级导师，对肥胖、乏味、颇有些嗜酒的巴恩斯先生没有太多好感。他认为这位律师这样纵酒让他讨厌，是酒精让律师先生的论证变得混乱。他的想法或许也有几分道理。

"我本以为我的意思已经够清楚了，"巴恩斯先生有点生气地说，"你要承认，这起谋杀案的动机是模糊的。我已经明确指出，在法律人看来，暴力犯罪的两个主要诱因可能是什么。我已经指出了许多罗马文学作品的情色性质，而已故的教授在这方面造诣非常深厚。我——"

"你的意思是——简单地说——你认为这个案子涉及一个女人？"院长不在公共休息室，弗格森先生认为没有必要吞吞吐吐。虔诚的布莱特伍德先生终于开始明白这位刑法学讲师的思路了。

他脸涨得通红，大为震怒，脱口而出："先生，你的意思是暗示已故的图古德教授仅仅是因为某个庸俗、不正当的阴谋而遇害的吗？"

周围突然陷入一片死寂，在有人打破尴尬的沉默之前，公共休息室的门被打开了，令人敬畏的老院长昂首走了进来。他的到来很少像当晚那样受到众人欢迎。

……

这是雷吉·克罗夫茨在英格兰的最后一天了。当晚，他与芭芭拉·普莱福德一起度过宝贵的最后几个小时。芭芭拉的叔叔、好心肠的圣托马斯学院院长邀请这对情人在家里吃晚饭。饭后，老人托词临时有急事，将忙到半夜甚至更晚，也不知是真是假。说话时，他那蓬松的灰白眉毛下的眼睛闪耀着温柔、愉悦的光芒——因为他非常爱他漂亮的侄女。说完，他便让两位客人自便了。

那是一个晴朗的夏日傍晚，雷吉提议先去散散步，然后再送女孩回萨默维尔，这将是这一年多来最后一次送她回去了。他们离开院长的住所走向宽街时，雷吉发现，直到当晚，他才完全感到牛津的迷人魅力。两人漫步走向霍利韦尔街，在夕阳的映照下，古老的克拉伦登大楼恢宏的轮廓格外醒目，谢尔登剧院精巧匀称的比例呈现出近乎空灵的美。多少年来，那些古老的石头头颅总是冷漠地凝视着从它们脚下的小路走过的一代代人，但在雷吉·克罗夫茨前往西非前的最后一晚，它们看向他的表情似乎更为可怕、更具嘲弄意味。两人走到了宽街与霍利韦尔街相交的拐角。

"我感觉太痛苦了，"女孩终于打破了沉默，"我觉得，亲爱的雷吉（她捏了捏他的胳膊），这对我不公平，这也可能让你不开心。"

"芭芭拉！芭芭拉！我希望我们现在就能结婚，这样我就能带你一起走。当然了，我不能这样做，我得自己先去看看那是一个什么样的地方。关于那里，有很多不同的故事。"

"当然——我知道的，雷吉。不要认为是我想让你如此悲惨，况且你为什么会悲惨呢？"她勇敢地忍住眼泪，"你要开始新的生活，你为什么会不好呢？而且，毕竟一年半的时间并不是那么长。"她咬着嘴唇，徒劳地忍住眼眶中盈盈欲滴的泪水。她的爱人听出了她声音中的哽咽。看她低垂着头，他知道如果现在看她的脸，他应该能看到什么。

他们转入曼斯菲尔德路，从曼彻斯特学院经过。路上看不到任何人。雷吉·克罗夫茨一把拉住芭芭拉，把她搂进怀中，炽烈的吻落在她唇上。

"亲爱的，"他把她从怀中释放出来，"你爱我，我也爱你。你答应过我，等我回来，你就嫁给我，时间应该不会很长。你有你的工作，我也会有我的工作，我希望到我的假期来临之前，我们已经各自安顿下来了。我会给你写信——每周一封。想想所有那些我将要告诉你的事情——新鲜的、有趣的事情。你呢，你会每周给我写信的，对吗？"

"我当然会给你写信，亲爱的。但是，哦——"她的声音又开始哽咽、颤抖,"你就要离我那么——那么远。想到你身处那个野蛮的国度,身处那些奇怪的黑人中,我就觉得好奇怪,好难接受。"

雷吉假装打趣,努力谈些更轻松的话题:"好了,很快,你就可以追随我们的朋友孔蒂以及他妻子们的后尘了——对了,这次法语考试他考砸了,所有事情都搞砸了——然后,你想象一下在最热的夏天洗一个土耳其浴,再把所有这些经历乘以大约一百万,你就会对我即将承受的命运有所了解了!"

女孩忍不住笑了,但她的心情仍然很沉重。自从图古德教授遇害,阴郁的气氛一直弥漫在她叔叔家里,这位和蔼可亲的老教授一直是这位院长最好的朋友。她和雷吉已经深陷爱河,感受到爱情在他们心中日复一日地生长。可现在她的爱人要与她分离,独自去往一个陌生而凶险的国家,并在那里待上数月,而关于那个国家的传闻却让她胆战心惊。

他们在英国的最后一次散步已经接近终点。他们从南公园路转过基布尔学院的拐角,进入博物馆路,这条路上的街灯已经亮了,路上发生的一件事吸引了他们的注意力。

两个本科生正在路上飞奔,他们都穿着法兰绒裤子和花哨的套头衫。紧追其后的是两个高大魁梧、头戴礼帽的身影,那是学监手下的两个大学警察。学监本人被远远地甩在后面,他竭尽全力以最快的速度飞奔而来。他的手上拿着学位帽,饰带在风中飞舞,他的袍子在身后被风吹得鼓鼓的,在腋下张开,就像某位不太可怖的恐怖天使的翅膀。他一边跑,一边擦着冒汗的额头,俨然一幅滑稽的画面:这个矮胖的小男人想尽力飞奔,可两条小短腿怎么也没法载着他以他想要的速度前进。当这一行人从旁边安全通过后,女孩和同伴忍不住哈哈大笑起来。

"可爱的老比利·古尔德!他在这场搏杀中获胜的概率可不比一头驴子赢得德比马赛的概率更大!"尽管这事当时看来很有趣,但它强有力地提醒了雷吉:他即将完全告别原先的生活以及所有一切重要的东西。雷吉热爱牛津大学和它轻松安逸、无拘无束的生活,只不过这种爱暂时因他对身边可爱女孩的爱而黯然失色。

不知不觉中,他们已经到了萨默维尔学院大门前。那里并不适合上演情人之间温柔绵长的告别。只有一个匆忙的吻、打湿女孩脸庞的滚滚泪水、寥寥几句爱的誓约、几句写信的承诺,以及开天辟地以来情人惜别时所有的缠绵悱恻。雷吉最后一次启程前往他租住的住所,为明天等待他的漫长旅程做准备。

他有一张便条要送去惠灵顿广场的某幢房子。他经过圣约翰街时,一阵争吵的声音穿过一楼的窗户飘进夏夜的宁静空气里。

"你这傻女人!你搞砸了我的'剁肉排',我要好好抽你一顿!"原来是文明的孔蒂先生返璞归真了。对犯错的妻子大发雷霆时,孔蒂先生平时已无懈可击的纯正英语又退化为他在海岸时惯用的方言了。

一声尖叫传来,接着是另一个女人的尖叫,好像是打中了什么东西。

"天啊!天啊!我的朋友——你杀了我!"然后是玻璃破碎的声音。什么东西被扔进了黑暗中。在雷吉的脚下,躺着一个被毁坏的煎锅的扭曲残骸。孔蒂可能已经脱下了在家乡"灌木丛"时的缠腰布,换上了四件套和费尔岛毛衣。但本性难移,豹子改变不了它的斑点。

公告栏

"不能说我有多想那个地方,我也在那里度过了很多年。但是每次都让我去尼日利亚。"

老阿帕姆号平稳地航行在臭名昭著但名不副实的比斯开湾上。1916年这艘船曾被德国人俘获,当时震惊一时,但如今这段经历早已被忘却。雷吉·克罗夫茨穿着灰色法兰绒裤子和西装外套,懒洋洋地躺在甲板上的帆布躺椅上,与他的同舱———个西非小商人聊天。

他们正在讨论雷吉即将去往的殖民地。"但有什么区别呢?难道这些地方不都一样吗?"

"绝对不一样,"查理·威廉姆斯说,"绝不。嘻!在爱德华兹维尔,如果你在街上踢了一个非洲人,或是把他的帽子打翻,你就得在法官——白人法官面前争吵了,他们会在最短时间之内把你身上最值钱的东西抢走。"

"既然如此,那为什么还要去踢一个'非洲人',或是把他的帽子打翻呢?如果这样做了,又为什么不会因此受到惩罚呢?"

查理·威廉姆斯带着怜悯和厌恶的神情,咬住了他第三杯马天尼酒里的樱桃。他摆出一副意欲使人难堪的最不屑、最轻蔑的表情:"啊,你是新来的——你可不知道。等你在'海岸'待得和我一样久了,或许你就会比我懂得还多了。"

也许威廉姆斯的论述能力并不像他自认为的那么强;也许因为雷吉·克罗夫茨只获得了古典学的二等成绩,所以他比他自认为的更愚钝。但据他从这个小商人支离破碎的言论中推断,一个"非洲人"穿着欧洲服装,或是他疏忽了向某个白种人致敬,不管其立场如何,这至少有违绅士礼仪,或许更糟。迄今为止,雷吉对非洲人的了解仅限于他与本学院的塞普蒂默斯·孔蒂的接触,他无法轻易接受身边这个没受过多少教育,且相当可鄙又盲目自大的小商人的观点。

去年圣安东尼学院的新生行为报告中,孔蒂的确偶有过失,但他做了很多补救。其实很难正确地使用"绅士"这个称号。但离经叛道的雷吉认为,与那天早上傲慢自负地定规矩的查理·威廉姆斯先生相比,非洲酋长那个安静、单纯的儿子更配得上这个称号。

然而,和这样一位微不足道的对手多费口舌,似乎不值得。尽管如此,谈话一直持续到午餐时间,而且还要再过十多分钟,召唤他们到餐厅进餐的锣声才会响起。因此,雷吉不想冷落他的同伴——对方毕竟是出于善意,尽管并不受欢迎——于是尝试了另一种策略。"你知道那个家伙吗——加斯顿,就是坐在船长座位旁边的那位?"

"知道,殖民部的小伙子,是办公室的一位助理秘书,我猜别人是这么称呼他们的。"

"就是他,"雷吉说,"我想,他这次出来,是要撰写某种关于沿海各殖民地欧洲人生活条件的报告。我觉得这是一件很好的事情。"

小商人夸张地眨了眨眼。可能是因为他即将发表煞有介事的见解,也可能与他在早中餐之间不停地小酌导致饮酒过量有关,雷吉不敢冒昧猜测。他想,或者两个原因都有。

"一点也不,"查理说——熟识他的人都简单地称他为查理,"这只会让事情比以前更糟。这种事情我见多了,你要相信我。"

"但是,白人住在非洲的丛林小屋里,总会不得不忍受很多不便,如果他看到了——因为他一定会看到的,那么肯定会有助于国内的人发现改善的方法。"

"小伙子,"威廉姆斯先生说,在酒精混合物的影响下,他变得像个和蔼的老父亲,"你不了解海岸地区和这儿的行事方式,我说的是事实。那个家伙会在丛林里兜一圈,而且会在雨季住到泥屋里;在他来之前,政府的那帮家伙都会说,千载难逢的机会来了。就让大雨淋透漏雨的屋顶,把殖民部来的那个家伙浇个透,让他尝尝他们那些人受的苦。但在他就要到的时候,他们却改变主意了。他们会让老酋长给他的屋顶额外盖上一层厚厚的草,我们这些人仓库里的香槟酒、'格洛尔馅饼'之类的,就会被洗劫一空,然后他回去后会说,老海岸的生活简直像是完美愉快的旅行,甚至比欧洲老家还要舒服得多。查理·威廉姆斯很清楚他要说些什么——相信我!"

查理又狠狠地眨了眨一只眼,这次更为夸张,他闭眼的幅度之大,似乎那只被眼皮遮住的眼睛再也不会睁开了。

锣声终于响起,雷吉感到十分欣慰。但查理·威廉姆斯先生与他的真诚交谈中有少许部分对他颇有裨益。查理的话自有其价值,因为他的观点非常不同于从前雷吉遇到的那些千人一面的政府官员的观点。这也很好地纠正了雷吉从前听到的有关类似主题的其他观点。

与雷吉同坐一桌的旅客是一群形形色色的人。桌上一共七个人。餐桌的一端坐着阿特伍德夫人,一位雍容华贵的妇人,是一家欧洲大公司在沿海某个最大港口的代理商的妻子。她已经年过五十,但风韵犹存,不显老态,尽管她曾多次漂洋过海到非洲与丈夫会合,她丈夫是一个小个子男人，在她面前似乎总是很温顺。对于任何碰巧与她擦肩而过，试图去吸引周围已婚或未婚男子的女子，她总是充满妒意。她的对手越是漂亮，她向对方投掷的诋毁之矢就越是恶毒。据说不少于三桩离婚案，十几对夫妻反目，以及至少一起自杀案，都归功于她那条邪恶的毒舌。在雷吉面前，迄今她只展现了讨人喜欢的一面，毕竟他们才共处不过三天。她非常聪明，只要她愿意，她就能表现得充满魅力。在她认为是有利于自己的游戏时，她可以变得非常迷人，人畜无害。

桌子的另一头坐着道森老爹。没人知道他的教名。他在雷吉要去的那块殖民地的丛林里孤独生活了多年。从前，他是一位海滩拾荒者——是那种真正的、正在快速消失的老海岸人。他刚"休完假"回来。他称之为"休假"，也难得休一次。他在西非度过了三十多年，只回过英国三次。但随着年岁增长，他觉得更需要同肤色人的陪伴，他开始缩短在丛林里孤独度日的时间。他长着一双敏锐的棕色眼睛，鹰钩鼻，满脸皱纹，棕色短胡须逐日变得灰白，平时戴一顶宽檐软帽。在他踏上船的那一刻，雷吉就认定他是个人物。

道森老爹右边坐的是雷吉的老朋友查理·威廉姆斯，老爹左边坐着雷吉本人。雷吉左边的椅子还空着，他了解到那个座位的主人是某位德莱弗夫人，她是西非某个军团中尉的妻子，要去与丈夫会合。她似乎是那种只要看到汽船就会不舒服的女人，虽说近日来天气很好，但她在开船那天就一头钻进了自己的铺位，并一直待在那里。

阿特伍德夫人左边坐着贾斯珀·克劳史密斯，他是个浮夸的家伙，在一个较小的殖民地任副检察长。克劳史密斯先生实际上不超过四十五岁，但看起来有五十多岁了。他谈起微不足道的小事时也摆出一副令人印象深刻的庄重态度，使听众几乎相信他们正在聆听至关重要的观点。他详述自己的高官职责时，是最意气风发的。听他那严肃庄重的语气措辞，仿佛他起草一条强制西非偏远村庄的摩托车安装后灯的地方法规，就像起草《大宪章》里的一条新条款一样，极具分量和重要性。如果说自吹自擂是通往成功的捷径之一，那么贾斯珀·克劳史密斯先生绝对可以跻身于成功队伍的前列。

坐在这位大人物对面的，是一个四十岁左右略微发福的矮个子男人，他穿得很讲究，几乎显得有点浮夸，总是戴着一副金边单片眼镜，但对那只眼睛而言似乎起不了多少作用。他名叫埃里克·库尔文，是沿海某地的秘书处官员，听他谈话的口气，他的主要抱负是成为某个重大事件中风度翩翩的调查对象。有传言说，他就是那个让德莱弗中尉戴绿帽子的男人，这个传言据说是威严的阿特伍德夫人传出来的。

最后一位是丹尼尔小姐，她是一位从欧洲前往爱德华兹维尔的护士，坐在库尔文和查理·威廉姆斯中间的位子。她最好的朋友也不会奉承她漂亮，她身材矮胖，唇部上方生长着一条颇有些显眼而不讨喜的小胡子。她那深棕色的眼睛总是闪烁着快乐的光芒，充满善意的友情自有一番吸引人的地方。她可以以最荒唐的方式与坐在她右边的人调情，可旁边的听众丝毫不会担心会有人违反严格的道德准则。当雷吉走到餐厅时，阿特伍德夫人已经坐在自己的位子上了。阿特伍德夫人那丰满的身材需要摄入船上菜单所允许的最大限度的营养，她不是一个会忽视这件事的人。她看起来的确很美，雷吉走近餐桌时心想。她总是设法将自己犹存的风韵发挥到极致。在她那无与伦比的理发师的巧手处理下，她那头灰扑扑的头发被染成了浓郁的黑栗色，显得非常迷人。

"早上好，克罗夫茨先生，"她说，"有没有赌赢什么？"

他甚至懒得去买赌场的门票，雷吉如实说道。竟然如此冷落船上为数不多的几项娱乐活动——而且是合法的娱乐活动，阿特伍德夫人似乎无法理解。至于她自己，任何进行中的事情，她都要插一脚，不管人家欢迎与否。这会儿，桌子上只有他们俩。"今早有人看到库尔文先生了吗？"她低声问道，向左边的空座位点点头。

"没有，"雷吉说，"我今天早上根本就没有看到他。"他不在意是否还能再见到库尔文先生。他不喜欢这种花花公子的类型。但他没有这么说。

"我听说,"爱挑拨是非的阿特伍德太太继续说,"她今早起来了。"她把目光转向雷吉左边的椅子,自从轮船离开利物浦以来,这把椅子就一直空着。她靠在椅背上,暧昧地眨了眨一只眼,神情颇像一个点燃了爆竹引线的小男孩,急切等待着预期的爆炸。但事实证明,雷吉是个湿爆竹,他没有爆炸。见未能达到她预期的效果,阿特伍德夫人心里一阵厌恶。她暗下决心,在航行结束前,她一定要设法成功地挑逗这位对她而言过于冷漠、保守的年轻人。

现在,贾斯珀·克劳史密斯先生在她右边就座,仿佛上议院议长在他那衬有羊毛坐垫的席位上就座一样威风凛凛。下楼之前,他在吸烟室里喝了不少海岸人杜松子酒,正感觉良好,还想要发表论说和制定法律呢。当道森老爹和丹尼尔小姐加入他们时,他正在夸夸其谈地评判早上无线新闻节目中首席大法官的一项判决。对于右边克劳史密斯先生博学的法律论争,阿特伍德夫人甚至都懒得假装继续听下去了。

"早上好,老爹。"她对道森说,因为他比她先下来吃早餐。

"和茜茜一起喝了杯鸡尾酒。"

所有海岸人都称呼丹尼尔小姐的教名。

她对此并不反感:这表明她很受欢迎——和人们打成一片——而对她来说,受欢迎就像呼吸一样重要。

"老爹是个真正的老手,"丹尼尔小姐说,"他和我赌一杯马天尼,赌我不能一口气喝下一杯'海岸人'——他输了！"

说完，茜茜开始笑个不停，看来那杯酒开始发挥效果了。"查理来了。"她说，因为雷吉的室友摇摇晃晃地走了进来，似乎比船本身的运动更不稳定。他走到自己的位子上时，埃里克·库尔文也走到雷吉左边的椅子旁，把椅子往后一拉，停了下来，他穿着白色法兰绒长裤，衣冠楚楚，干净利落。这时，一个美丽动人的身影从台阶上走下来，进入餐厅。库尔文正朝那个方向望去。阿特伍德夫人向道森老爹使劲地眨巴了一下眼，又向桌子上其他人拼命使眼色。那女子在库尔文拉开的那把椅子上坐下来。她非常漂亮，个子比多数英国女人更高挑，一头俏丽的短发闪耀着迷人的金色光泽，宛如丝绸般柔软顺滑。她有一双晶莹剔透、脉脉含情的深蓝色眼睛，鼻子小巧精致，嘴巴虽小但很丰润。耳朵下方一对细小的铂金耳环摇曳生姿，在鬈曲的发梢下诱惑人般若隐若现。她穿着一件蓝色短袖丝质连衣裙，露出纤细白皙的颈部和手臂，皮肤宛如绸缎般光滑润泽，就连她的身材也完美极了。

"下午好，德莱弗夫人。很高兴看到你终于下来了，希望你现在感觉好些了？"

阿特伍德夫人自诩为本桌的领袖，代表大家发了言。埃里克·库尔文也坐下来了。

"好多了，谢谢你，"女孩慢条斯理地答道，她的嗓音宛如音乐般柔和悦耳,"我刚上船的时候非常烦闷,我想那是紧张的缘故,因为我以前从未长途旅行过。"

女孩给雷吉留下了良好的印象。她无疑是他在船上遇到的最迷人的姑娘。

"这是我去'海岸'最顺利的一次航行,"茜茜·丹尼尔说,"我旅行过很多次。"

"我也是,"阿特伍德夫人补充道,"但我从不晕船,无论天气多么恶劣。"

吃饭时,每当库尔文和德莱弗夫人看向某个方向时,阿特伍德夫人总是细细研究,并挤眉弄眼地把她的发现传达给在座任何碰巧和她对视的人,尽管如此,这顿饭吃得毫无波澜。

到现在为止,雷吉·克罗夫茨尚未对阿帕姆号上遇到的任何人产生特别的兴趣,但现在,他发现自己情不自禁地对新来的同桌产生了兴趣,他发现这种感觉有点难以解释。他开始在脑海中描绘芭芭拉·普莱福德的样子来抵制这种感觉,可他发现自己竟然在想,如果芭芭拉是世界上最令人向往的女孩,那么德莱弗夫人就可以稳居第二。他脑中并没有什么对未婚妻不忠的想法,但他的确认为,如果芭芭拉·普莱福德不曾进入他的生命的话,那他就会被德莱弗夫人深深吸引。

午餐结束了。他认为这是他们出海以来吃得最愉快的一顿饭,唯一煞风景的就是粗俗的阿特伍德夫人的挑逗行为，以及心胸狭隘的克劳史密斯的自命不凡。

他爬上楼梯，穿过休息室，来到甲板上，因为他想像往常那样先到户外转一圈，然后回去小睡一会儿。他漫无目的地瞥了一眼告示栏。在他们吃午餐的时候，告示栏上多了一页无线电发来的消息。

他对最新的板球比分并不感兴趣，对于"'石油'很活跃"和"留声机变硬"的消息，他也丝毫不感到兴奋。

但他在《综合新闻》中瞥见了"牛津"一词。他又定睛看了看，看到了下面这段话：

"牛津，星期五。轰动新闻：今天清晨，在图尔街发现了大学法语高级讲师布瓦萨尔的尸体。警方怀疑是谋杀案。"

法语高级讲师

在牛津大学,很少有比法语高级讲师加斯东·布瓦萨尔先生更受欢迎的人了。布瓦萨尔先生是个单身汉,不到五十岁。他是诺福克学院的正式董事,在图尔街上那座小学院的方院前面的一套房间里住了二十多年,只在战争期间离开过。当危险威胁到他的祖国时,布瓦萨尔并没有藏身于异国他乡安逸的学术地位之后。布瓦萨尔先生是个小个子男人,长着一双敏锐的黑眼睛和一张蜡黄的脸,他总是一副紧张、容易激动的样子,如果他戴上传奇色彩的高筒大礼帽,上唇的八字小胡子抹上蜡,下唇留一撮拿破仑三世式的小胡子,他就俨然一副维多利亚时代闹剧中典型的法国人形象了。事实上,他的下巴上是没有胡子的,八字小胡子也很淡,是棕色的,尖端也没有打蜡。

尽管他常住英国,长期与英国人打交道,他说英语时仍然带有明显的法国口音。他常常讲母语中的某些谚语,尤其是激动时。在教室里面对一屋子安静的英国本科生时,这个小男人似乎还是有些紧张胆怯,但在凡尔登前线的战壕里,他却是一位表现神勇的士兵。

听他非常努力地用复杂的英语成语讲述自己在战场上的表现时,倘若他那副一本正经的样子不是显然出于真诚的话,那幅画面简直有些好笑。"我抓起炸弹——像这样,"他会一边说,一边抓着他那本破旧的《小拉鲁斯词典》。"我扔它——像这样!"他用动作配合这个词。"你看过英国人在板球比赛中投球吗?不是这样吗?"他认真地模仿了一番投球手的动作。"我把炸弹扔远——这样!"《小拉鲁斯词典》会猛然飞到空中,曾经有几次,这枚致命的炸弹狠狠地撞到墙上,让这个小个子法国人一些画框上的玻璃受了很大的损失。"两个德国人的头——两个,我的朋友们——就被一举炸飞了,我亲爱的祖国就少了两个讨厌的敌人!"

这番努力使他筋疲力尽,他接着倒向那张破旧的扶手椅,小小的个子几乎完全被那张椅子吞没。过了一会儿,他又恢复了平静的学者本色。如果有人到他那里做客,幸运的话,就会喝到一杯只有法国人才会煮的咖啡,因为这位优秀的法语高级讲师从不允许校工操练煮咖啡这种近乎神圣的仪式。布瓦萨尔先生在他的第二故乡英国永久定居了，他每年只回国两次，每次都在他心爱的巴黎逗留几周。据这位单身汉宣称，回去是探访年迈的母亲。

布瓦萨尔先生的一个朋友是圣安东尼学院的巴恩斯，他是刑法讲师。巴恩斯先生也是个单身汉。他不怎么和女性打交道，但通过深入学习各个时代与女性相关的文学作品，弥补了对女性认识实际经验的不足。他倾向于相信这样的观点：女性的影响是世界上几乎所有问题行为的基础。这个念头进入他的脑海后，就变得根深蒂固了。坐火车时，他从不与一个女人共处一个车厢，除非这趟火车上有隔间。而且，他总是被这样的想法困扰：任何时候、任何地方，只要他独身一人时，某个可怕的塞壬女妖就会接近他、毁灭他。但凡知道这个小个子男人的这个弱点的人都认为，他大可不必有这份顾虑。他身材矮小、年过六旬、秃头、红脸庞、凸眼睛、牙齿不齐、衣着邋遢，在常人看来，他对女人没什么吸引力。从商业角度看，像巴恩斯先生这种职业的人，他们的薪酬尚不足以吸引那些对商业交易有兴趣的女妖。

巴恩斯先生会向他密友圈里的人详细阐述，在他眼里布瓦萨尔先生是怎样在法国度假的。作为一个传统的英国人，他会为欧洲同胞们热烈的性情而悲叹，因为这种性情总是容易使他们深陷诱惑，并最终导致毁灭。他曾多次暗示，他认为这位法语高级讲师天性中存在的一些倾向终有一天会酿成大祸。

然而，和蔼可亲的布瓦萨尔依旧我行我素，丝毫没有意识到朋友的担忧。

六月里一个晴朗的夜晚，这个小个子法国男人来到圣安东尼学院的高桌前用餐，他是应朋友巴恩斯先生之邀而来的。因为是学期中的一个星期天，教师公共休息室里挤满了人，教师们和学生们都到齐了。屋里还没点灯，因为还不需要。夕阳柔和的余晖透过镶嵌着彩色玻璃的窗户照进来，玻璃窗上挂着过去学院里杰出成员的徽章。雷吉·克罗夫茨当然已经离开了。高级导师布莱特伍德收到了他寄来的一张卡片，是他下船后请领航员寄来的，当时轮船已经被安全地领航到墨西河，并已顺着爱尔兰海峡而下，开始了前往西非的航程。他答应上岸后从爱德华兹维尔写信回来，讲述他对这次航行和海岸的感受。

孔蒂还留在学院里，这是他的第三个学期，但学院的黑板上仍然没有出现那条通知，宣布圣安东尼学院的塞普蒂姆斯·E. E. 孔蒂已经满足了第一次学位大考那些铁石心肠的主考官的要求。他们就像地狱之神一样，拦住了通向考试合格的道路，而他那位远在巴特卡努的父王发出了最后通牒，如果他再不能通过本月底举行的下一次考试，将切断一切供应，并命令他返回非洲。他在诺汉路的私人教师戴先生的帮助下，安排了参加英语、法语、拉丁语和逻辑学课程的考试。像他的许多族人一样，孔蒂记忆超群，能以鹦鹉学舌的方式获得大量肤浅的知识。在三月的考试中，凭借熟练地背诵《李尔王》和另一部莎士比亚戏剧，以及德莱登《押沙龙与阿齐托菲尔》第一部分和约翰·班扬《天路历程》第一部分，顺利达到了英语合格的必要标准。他以同样的方式掌握了他所背诵文章中的注释。为了弥补自己的不足，他还把某人的《儿童英国史》的全部内容记在了脑子里。他以类似的方式掌握了西塞罗《腓立比》的第一部和第二部，包括全部注释和一本复习笔记的内容。就这样，他在英语这门课程上多少取得了不错的成绩。

但他的大脑拒绝用同样的方法吸收莫里哀的某部戏剧和柯奈的某部戏剧，以及托克维尔的《旧制度与大革命》，还有必要的注释和评论。因此，他的法语考试不及格，逻辑学也不及格，即使是初级逻辑学，也似乎不适合用他采用的记忆法来学习。要掌握这门课，似乎需要一点点天然的自由思想和独创性，而这正是这位优秀的非洲人所不具备的品质。因此，他这门课的论文也没有达到硬心肠的考官们所要求的标准。要通过文学学士的第一次学科考试，有一条铁的规则，即所选四门科目中，只要有一门以上不及格，总成绩就不及格。再多的王子头衔也无法打动那些严苛且刚正不阿的考官。

皇后学院值得尊敬的迪普洛克先生负责为希拉里学期[1]的逻辑学期末考试出题。一天早晨，绝望的非洲人孔蒂将一只羊绑在了迪普洛克先生位于查尔伯里路的宅邸的栏杆上，羊脖子上还挂着一个刻了字的标签，但迪普洛克先生并没有因为孔蒂送的羊而心软。事实上，这位杰出的逻辑学学者还被一位装腔作势的警察传唤，因为他家门口的羊导致部分市区的道路堵塞。于是，这位愤怒的大学教师向圣安东尼学院的学监打报告，认为这位本科生对自己开了个不体面的玩笑。白人真是个奇怪、难以理解的种族！在孔蒂看来，用一只比这只还要小的羊换取一个漂亮的妻子，在他的家乡会被视为非常公平的交易，那么，用这只羊换取考试的通过，当然是一笔非常划算的交易。

想到拿不到梦寐以求的学位就得回家，孔蒂感到非常沮丧，但他没有放弃，而是不顾一切地努力扩展他那强大的记忆力，以应对剩下的科目。那天晚上，他坐在学院大厅的新生餐桌前，享用了冷肉、苹果馅饼、面包、奶酪，吃得非常丰盛，看上去并没有过度担心。

院长坐在高桌上亲自主持了晚宴。他是个意志顽强、精力旺盛的人。但是，六个月前杰出的拉丁文教授惨遭不明凶手谋杀的惨案，对他产生了难以消除的影响，他似乎再也不能完全恢复到从前那副朝气蓬勃、

---

[1] 英国和爱尔兰一些大学的冬季学期，通常为每年一月至三月。

乐观自信的样子了。他来牛津多年了，初为学者，后为董事，最后荣升为一所最负盛名的学院的院长。这期间也曾经历过一些悲剧性事件，但从没有哪次像图古德教授之死那样，在这位安静的学者周围笼罩上如此深沉的阴影。

另一方面，个子矮胖的法学讲师巴恩斯先生则很忙碌，似乎因为这桩惨案而获得了新的活力。这个学期，他第一次担任高级学监的职务。像他这种地位的人并不经常扮演侦探的角色。他一直渴望尝试一下这样的角色，这次他终于有机会了。查尔斯国王的头对迪克先生有多重要，调查图古德教授惨案对巴恩斯先生来说就有多重要。他无法容忍训练有素的职业侦探所采用的方法和该行业的惯用手段：譬如指纹、时间表、测量、费力地拼凑细小的相关事实等。他认为，侦破犯罪最好从更广泛的心理学家的视角出发，找到隐藏的犯罪动机，挖掘出受害者内心深处不为公众所知的秘密，答案就会自动出现。巴恩斯先生对图古德案的调查并不能很好地证明他所主张的方法可行。他自己的心理——而非死者的心理——使他相信案件涉及与女人有关的问题。他和牛津大学的每个人都知道，死者在道德上清白无瑕，因此他被迫得出一些新的结论，并在此基础上提出一个新的、符合他所希望看到的事实的理论。

他在这样一个观点基础上进行发挥，即已故教授曾深入研究拉丁作家们的作品，从而不可避免地经常阅读情色片段，因此这些内容一定不知不觉中在受害者头脑里留下了不可磨灭的印迹。即使假设这套理论有几分真实——这一点非常值得怀疑——但仍然有个问题，即事实上没有任何迹象表明，他所提出的，或许已经存在的影响，对教授的实际生活产生了任何效应。在报纸专栏报道的暴力犯罪中，案子十有八九与女人有关。但对于头脑比巴恩斯先生更理智、更公正的人来说，惠灵顿广场发生的悲剧应该属于那第十个，而且应从另一个角度展开调查。高级导师布莱特伍德先生的观点是，这一罪行是一个疯子所为。这也是牛津乃至全英国大多数人的看法，他们都花时间或花精力研究了这桩惨案；这也是警方的看法，尽管他们对此事的陈述非常含蓄，并表示仍在不懈地调查。

据了解，弗格森先生正将此事写进一部小说，据他透露，这是一部讽刺这位法学讲师的心理学方法的小说。

布瓦萨尔先生是高桌晚宴的灵魂人物，他就像奥维德笔下那个手指沾满酒渍的士兵一样，无法抑制自己重新投入战斗。"你们似乎会认为，"冷峻的布莱特伍德先生说，"只有队伍中、战壕中的实际战斗人员，才有资格得到士兵的美誉。但是，我向你们保证，只因为我年龄大了，所以只能在迪考特处理军火。我也不敢肯定，我们的命运是不是更难以承受。他们告诉我，战斗的激动人心之处，就在于它本身就是一种镇静剂。在前线战壕奔走时，你没有时间过多考虑自己的烦恼。前线战斗白热化时，被迫留在后方的军火包装工心里的苦楚，可能是伤口、害怕负伤，甚至死亡本身带来的痛苦和屈辱的十倍。"

"这是真的！是真的！"布瓦萨尔先生叫道，"但对我来说，不是这样的——无论我的年龄或健康状况如何，战斗、挥刺刀、投炸弹才是士兵的生活。你看——我表演给你看——在凡尔登——在高贵的凡尔登，我炸掉了两个头……"这位兴奋的高级讲师的手已经紧紧攥住了他的酒杯，这个酒杯似乎即将面临那本破旧的《小拉鲁斯词典》常常经历的厄运。

"我相信，我们都非常欣赏布瓦萨尔先生在那个伟大日子里的英雄壮举。"院长低沉而有力的声音响起，眼看学院财产即将受损，他从沉思中醒转过来，出言制止，"但我想指出，与你即将向我们演示的英勇行为相比，学院的玻璃至少具有同样的内在价值。"布瓦萨尔恢复了理智，在他的战争热情高涨时，他几乎忘了遵循和平时期的礼节。他一再道歉，大家也都大度地接受了。弗格森先生意欲嘲讽小题大做的巴恩斯先生，便把话题引向仍然具有危险但破坏性没那么大的方向。

那晚直到深夜，公共休息室里的全体人员才散去。当这位性格多变的法语高级讲师向"辩论会"的最后一位幸存者告别时，已经接近午夜时分了。他护送后者到圣安东尼学院的门房处，然后动身回图尔街的那座小学院休息。

……

牛津市警局的贝特朗警长拿起了巡捕房电话的听筒。

"你好？布莱克警员？从圣马丁教堂墓地前的出租车站打来的？哪里？在图尔街？是的，没人和你在一起？我马上给法医打电话，几分钟后过来找你。"

他叫上在巡捕房值班的警员。

"布莱克报告说在图尔街发现了一具尸体。他说看起来像是一起谋杀案，我已经告诉他我马上就到，给海伍德医生打电话，告诉他在圣马丁教堂墓地大门口找我——就在米特尔书店对面。"

……

"十二点二十分我经过这里时，看到一个人躺在这条铁栏杆上。"布莱克警员指的是圣马丁教堂墓地大门关闭时拦在门前的铁栏杆，"我以为他喝醉了。我碰了碰他的肩膀，他没有动。我进一步检查，发现他已经死了。"

一个男子脸朝下、身子软绵绵地趴在铁栏杆上，那是个矮个子男人，穿着晚礼服和黑色短大衣。贝特朗警长用手电筒照了照死者的面孔，立刻认出了那是法语高级讲师布瓦萨尔先生。一股血流淌过死者左边下半张脸，缓缓滴在下面的人行道上。

毡帽之谜

从对图古德教授进行尸体勘验，到布莱克警员在图尔街发现布瓦萨尔先生的尸体，中间过去了将近六个月。牛津大学验尸官的勘验结果对警方来说几乎没有任何价值。医学证据的大意是，布瓦萨尔先生的死因和前面的案子一样，是严重的脑震荡，是某种重钝器击打造成的。在头骨左侧底部发现了一道划痕，而且相当深，似乎是某种锐器造成的。贝特朗警长发现尸体时，这道划痕或切口仍在向外渗血。但此案中头骨未被穿透，也没有任何迹象表明凶手尝试过钻孔。最有可能被称为目击者的是林肯学院一个名叫卡顿的本科生，当时他在博蒙街参加完一个联谊会，正急匆匆地从宽街赶往图尔街的方向，企图在午夜学院大门关闭之前赶回去。可他的希望落空了,他经过埃克塞特学院时,午夜的钟声已经敲响。在门口等门房打开大门时,他看见圣马丁教堂墓地一角的阴影里有两个人影。他勉强可以辨认出那是两个男人的身影,一个人的身子似乎挂在大门外的铁栏杆上,另一个人在他上方弯腰俯身。他踢了踢学院大门——这是牛津的大学生特有的夜间叫门方式,门房很快让他进去了。关于此事,他真的没有多想。他当时以为这两个家伙是在宴会上或别的地方喝醉了,较清醒的那个人在帮助喝醉的那个行走。

他能记得的是,站着的那人穿着一件大衣,但说不出是什么颜色。那是一个温暖的夜晚,但即使如此,穿晚礼服的人也很可能会穿上大衣。他没法判断那两人的年龄。那个在他看来醉得一塌糊涂的男子穿着什么衣服,他也无可奉告。但他认为那个站着的男子戴着一顶毡帽。但这只是一种感觉,那人也很有可能是光着头的。他在林肯学院大门外等开门时,那两人的姿势没有发生变化。

圣安东尼学院的几位大学老师以及学院门房的证词表明,布瓦萨尔遇害当晚,他用完晚餐后离开时一切都很正常。他自己的校工和他自己学院的门房的证词也表明,当他离家去赴约时,举止也没有任何异常。警方仔细搜查了他房间里的信件和文件,没有发现任何威胁或不祥的信息,而来录口供的人中,没有哪个人的话表明有人对这个人缘颇好的法国人心怀怨恨。陪审团做出的裁决与先前的图古德教授案相似——"故意谋杀，凶手不明"。

　　拉丁文教授之死是去年最轰动的犯罪事件。残忍谋杀一位杰出的牛津大学学者，一个品行和私生活均无可指摘的人，是犯罪史上的一件奇事。而且，凶手成功地掩盖了犯罪痕迹，就连心无旁骛、一心钻研关注学术进展的人也对本案产生了兴趣。本案绝对——或者说，显然绝对——缺乏适当的动机，这是这个谜案最令人困惑的特征。当然，犯罪的目的不是抢劫。警方对这位可怜人过去的生活进行了细致彻底的调查，但没发现任何人有理由想杀死他。没有哪个正常人会理会可敬的巴恩斯先生提出的那套荒唐理论，认为已故教授因阅读那些拉丁诗人的情色片段而神经错乱，从而误入歧途，深陷某种庸俗的情爱阴谋，激起了嫉妒的激情，最终误了卿卿性命。也根本没有任何物证来支持他这套牵强的假设。自多年前"开膛手杰克"制造的白教堂谋杀案以来，还没有哪一起罪行在不列颠诸岛引起过这么大的轰动。图古德教授在学术上取得了非凡成就，在欧洲也声名赫赫，因此他的案子在英国以外的地区也引起了广泛关注。在许多国家，有许多专门探讨犯罪问题的期刊专栏，其数量不亚于专为培养优秀学术研究和崇高学术理想而存在的期刊专栏。自惨案发生以来，这类专栏一直充斥着——而且经常充斥着——从各方面探讨本案的文章。

作为一项简单、纯粹的犯罪行为，它引起了全世界职业侦探和业余侦探的注意。作为古典学研究和学术史上的一场灾难，它吸引了世界上许多最杰出的文学家的注意。当这谜一般的悲剧再次上演，并再次夺走牛津大学一名最杰出的教育家的生命时，人们对此事的关注丝毫没有减弱。

现在，又发生了一起同样的悲剧：又一位才华横溢、备受尊重的学者，在名气与人气的巅峰时期，惨死于某个身份不明的神秘罪犯之手。不同之处在于，事实上，有人看到了凶手，他当时可能正在作案，也有可能已经犯下了可怕的罪行。林肯学院的本科生看到的那个男子，他弯腰伏在不幸的布瓦萨尔的身体上方，那就是凶手本人，这点无可置疑。从卡顿偶然瞥见他们，到布雷克警员发现尸体，只过了很短的时间，因为那个男子神秘消失后不久，警察就到了现场，这就使这点更加毫无疑问了。就本案而言，大众的看法和职业警察的推论不谋而合，大家都认为杀害法语高级讲师的凶手，就是仅六个月前在惠灵顿广场杀害图古德教授之后逃之夭夭的那个人。

十二月的惨剧发生后，警察局长福斯特先生仔细调查了在他看来仅有的几条线索。他采取的行动之一，就是亲自或是派遣一位能干的代表登门拜访惠灵顿广场上的所有住户，以及圣约翰街两边直至与普西街交汇处的所有住户，以录取口供。警察局长及其代表遇到的情况有些复杂。登门拜访时,两人都预先穿了便服。

大体说来,住户们对此番调查的态度都是很客气的。他们愿意做任何力所能及的事情来协助正义和秩序的力量,帮助警察破解悬案,将杀害善良的图古德教授的冷血杀手绳之以法,但也有例外。

比如布鲁福德先生就是个棘手的家伙。他原先是一个学院的校工,退休后在大学城开了一家旅馆。他曾经给一名大学生做过校工,这名大学生后来在法律界出了名,成了英国司法部的副总检察长。副总检察长的荣光惠及于他,他也喜爱陶醉其中。他常在自己的密友圈里扮演地方法官、事务律师和出庭律师三合一的角色,人们遇到麻烦时,都会向他寻求法律建议。在布鲁福德先生的眼里,生活中的小烦恼背后总是潜伏着法律的巨大阴影,就连牛津市警察局长也不敢怠慢他。

一天早上,布鲁福德家的门铃响了,他只穿了件衬衣出来开门。来人是身着便服的福斯特先生,今天没穿飒爽的警察制服。"早上好,布鲁福德先生。"福斯特说。

"早上好。"这位前校工一边回答,一边用怀疑和带几分蔑视的眼光打量这位警官。

"我只是想问你几个问题。"警察局长彬彬有礼地回答,一边把手伸进口袋去拿记事本。

"我想你应该知道,"布鲁福德先生坚定地说,表现出一种不能容忍别人胡说八道的气势,"在让我做口供之前,你要提醒我。"

其实,布鲁福德先生对于警察的权力和类似问题的概念不是特别清楚。但他在最爱的周日杂志上读到很多关于这个问题的文章,再加上他已有的对此事的坚定信念,使他对自己现在采取的做法感到很有把握。

"布鲁福德先生,我不记得我曾对你提出过任何指控。"警察局长说,他有点生气,但又忍不住露出一丝笑意,"而且我认为,请您回答一两个与图古德教授谋杀案相关的问题,并不会使您的自由或人格遭受任何威胁。"

一楼大门方向传来一个女人的大声尖叫,打断了两人的对话。原来是布鲁福德夫人,她一直在竖起耳朵偷听他们的谈话。她是个体态丰腴、面色红润的女人,正值壮年。富有骑士精神的福斯特向前迈一步,脚踏过门槛,他本来是出于好心,但在法律意识极强的布鲁福德先生眼里,这是一种暴行,一种无法容忍的暴行。他愤怒地把一只手按在福斯特肩上。

"请止步,福斯特先生。一个英国人的家就是一座城堡——你别忘了,不管你是不是警察!你可不要在这里玩你那套严刑逼供!"

福斯特往后退了一步,愤怒的布鲁福德先生"砰"的一声当着他的面把门关上,楼梯上马上响起了他赶去英雄救美的沉重脚步声。

好脾气的警察局长笑了笑，转身走下台阶。

蒂斯代尔巡官在布朗夫人那里的运气也好不到哪里去。布朗夫人是一位一贫如洗的前殖民地公务员遗孀，她住在圣约翰街一幢房子的一楼，楼上的两间房子用来出租。对于彬彬有礼的蒂斯代尔巡官提出的最简单、最无恶意的问题，这位庄重的老太太都严厉拒绝回答，态度中有几分悲情。

她说："我活到八十岁，还从没有遭受过被警察盘问的屈辱。"她跺跺脚，继续说，一双衰老却勇敢的眼睛冒着火，"作为一个清白无辜的人，而且又是高龄，我有权拒绝回答任何问题。如果你的上司希望和我沟通，他可以以恰当的方式给我写信，我会依照我的方式、我的时间回复他。日安！"

从愿意配合的邻居们的陈述来看，很显然，他们都无法提供教授遇害当晚惠灵顿广场上可疑行为的线索，所以警察局长和警员们都没有费尽心机去逼问那些有意搪塞的人。

但事实上，有些调查对象却知无不言言无不尽，让警察们在执行任务时非常尴尬。

克拉布翠夫人就是一个典型例子，她碰巧是塞普蒂默斯·孔蒂的两位妻子米亚塔和雷吉娜的女房东。她外表非常干净整洁，身材高大壮实，相形之下，她的小客厅显得更小了。她是那种喜欢八卦的人，不过你该明白,是那种善意的八卦。她绝不是那种口风很紧、尖酸刻薄、爱背后诽谤的人,爱乱开玩笑的本科生们常常称呼她为"风流寡妇"。她把警察局长领到一楼前厅,就像对待任何其他尊贵的客人一样。

"我记得那个晚上,福斯特先生,就像我记得我生命中的任何一个夜晚一样。那天晚上很冷,即使对于牛津的十二月来说,也算非常冷。话说当年——我认为你还太年轻,请原谅我这么说——所以你不知道当年他们在学院驳船的河边烤了一头牛。那是,让我想想……"

尽管警长很有耐心,脾气也好,但他还有排得满满一天的工作要做,他不得不请这位喋喋不休的女人长话短说。

"你知道的,我和两位年轻的黑人女士住在一起。我是个基督徒,所有认识我的人都知道,福斯特先生。是的,我是一个恪守教规的基督徒,再没有人比我更虔诚了。"她刻意叹了一口气,以示虔诚,"嗨,你一定知道,这两位年轻的女士是圣安东尼学院里那位孔蒂先生的妻子。您再也找不到比这位先生更友好、更安静的年轻人,比那两位女士更好的姑娘了,福斯特先生。不过,请注意,我的意思并不是他们有时候不说话。"

她本来要发表一段有关欧洲人和非洲人婚姻道德伦理不同的长篇大论,但被忍无可忍的福斯特及时扼杀在摇篮中了。

"我记得那个夜晚,"克拉布翠夫人重复道,"就像我记得我生命中的任何一个夜晚一样——而且我向你保证,那是一个漫长的夜晚。"

经过将近一个小时——或者说他看来将近一个小时的盘问,警察局长终于引导这位可敬的女士说出她所知的有关当晚的全部事实:第一,那个非洲大学生当晚不在学院里吃饭,而是和妻子们共进晚餐,吃的是炖肉排、蔬菜、米饭和土豆泥,并在晚上九点左右独自离开;第二,晚上十点上床睡觉之前,她透过前面的窗户向外看,发现外面正在下雨,偶尔刮起阵阵强风。直到那天,福斯特警长才完全明白这次"犁沙"行动的真正意义。结束这天的工作后,他对沙漠里的农民产生了深切的同情!警方追踪格洛斯特绿园结算室看门人的毡帽这条线索的速度并不算慢。悲剧发生在星期一晚上,审讯是在星期三上午进行的。在梅里利斯离开结算室时,他认出了李所拿的那顶毡帽就是案发当晚他看到的那顶。福斯特请老人把帽子给他看,那可怜的老人就像天底下最诚实守法的人一样急忙交出了帽子,梅里利斯凑近检查了帽子。

"是的,先生。我敢发誓,这就是那晚我在栏杆上发现的那顶帽子。这是裁缝的名字——就是我在法庭上告诉验尸官的那个名字,这里还有一点点我提到的血痕,帽子的颜色和形状都是一样的。"

"当然了,"警察局长说,"这并不能作为判断的依据。光是在牛津,就有数百顶同样颜色和形状的帽子。但是,事情恐怕没那么简单。"他转过身，对那个紧张得发抖的老人说："恐怕我要请你把你的帽子借给我。你在哪里买的？戴了很久吗？"

"不久，先生，"李说，"我没戴多久。"他的声音沙哑而颤抖，胆怯得让人同情。

"说实话，先生，我是在一家二手店买来的——史密斯服装店，在圣埃伯街上——昨天晚上刚买的。"福斯特和梅里利斯交换了一下眼神，"我妻子对我说——那是星期天晚上——'约瑟夫，'她说，'你再不赶紧买顶新帽子，我就不好意思和你一起上礼拜堂了。'嗐，我觉得我的旧帽子对我来说已经够好了。但是，女人看问题的方式和男人不一样——在衣服的问题上。'亲爱的，'我说，'你今天说的话和我们结婚那天说的话一样重要。我明天会去看一看。'然而，第二天是星期一，我没找到机会去买。我不是个有钱人，我知道我买不起一顶新帽子——买不起真正的新帽子——就是我太太喜欢的那种。而且，我要给所有孩子买圣诞礼物，所以我没有太多钱可以花——花在自己身上，你知道的。"老人的讲述开始变得冗长离题。福斯特有一颗善良的心，他不想伤害老人的感情，而且，从专业的角度来看，对方的东扯西拉反而让他有机会说出他记得的所有细节，而其中某些细节在日后可能会被证明是重要线索，但现在有必要让他挑重点说了。

"是的，"警察局长柔声说，"我们都知道，圣诞节是很费钱的日子。

但我想知道的是，你是怎样买到这顶特别的帽子的，是谁把它卖给你的？"

李告诉警长，他在圣埃伯街一家服装店外面一个盒子里看到了这顶帽子，盒子上标着"一口价，原价六分之一"，他觉得这个价格很划算，而且帽子也很合适，当时就买下了。前一天晚上，他的妻子从她雇主司机那里借来一些汽油（李太太是个清洁工，每周工作五天），试图把污迹清洗干净。罗西·史密斯一直为那司机服务，她是经营那家衣服店的老阿尔夫·史密斯家十五岁的女儿。

福斯特留下了老人的帽子，下一步是去拜访阿尔夫·史密斯。他的新发现是，这顶帽子是周二下午市政委员会雇佣的清洁工乔·皮尔斯拿到史密斯店里的，乔把这顶帽子和早上扫街时发现的另外一两件小东西一起卖给史密斯，总价是一先令。当天晚些时候，乔·皮尔斯来到警察局长那间舒适的小办公室，他是个身材魁梧的家伙，但站在福斯特的办公桌前时，却像一片白杨树叶似的颤抖个不停。他讲述了发现那顶帽子的故事，他说："本来我们应该在星期一早上就把圣约翰街清扫干净，但我星期一早上不太舒服，所以我和同伴在星期二早上去扫街。在圣约翰街后面的普西巷清理垃圾桶和箱子时，我看到了这顶旧帽子——躺在24号、25号垃圾桶旁边，这两个垃圾桶都塞得满满当当的，因为我们晚了一天清理。我想，这东西肯定是从这两个垃圾桶中的一个里面掉出来的，反正也值不了几个钱，又湿又脏，我就当它是给我的额外好处了，当天下午下班后，我就把它卖给圣埃伯街的史密斯了。"

迄今为止，这条线索还没有产生任何有价值的结论。

警方已经进一步询问了圣约翰街一侧的所有住户，但没人认领这顶帽子，无论如何，这条线索暂时似乎已经中断。但福斯特警长并没有泄气，他不是那种人。他愉快地打发走了如释重负的清洁工，然后轻轻吹了声口哨，把帽子锁进了一个宽敞的官方保险箱。他绝不会早早地承认自己的失败，他确信，从梅里利斯离开教授的尸体到他和雷蒙德医生一同回到现场这段时间内，这顶帽子被人故意拿走，而且被蓄意处理掉了。福斯特警长并不想凭空猜测拿走帽子的人到底是何用意，但他确信，只要能找到那个人，图古德教授的死亡之谜就能迎刃而解。

芭芭拉的姑妈

"三十比零！"芭芭拉觉得自己必须打败这个年轻人，但她不太明白怎样才能打败他。

这一盘他已经赢了四局，其中两局她的得分为零。直到七月——炎热的七月，女孩才收到雷吉出海后的第一封信。当时，她已经在姑妈肖特威斯夫人位于萨里山的乡下宅邸里住了一个星期。白天热得让人喘不过气来，可夜色降临时，打网球却是令人愉快的消遣。网球场位于一座可爱的花园中央，那是肖特威斯夫人的骄傲。她没有孩子，所以她把所有给孩子的爱和关注全都倾注在了这座花园上。

威廉·肖特威斯爵士是国王法庭的一名法官。眼下，他作为假日值班法官留在城里，只有周末才回乡下的家。肖特威斯夫人便邀请心爱的侄女来陪她度过独居的日子。她也有一些自己的谋划，她自己没有女儿，便想着给漂亮的侄女找个好婆家。她并不是不喜欢雷吉·克罗夫茨——她甚至很喜欢他。但在她眼里，作为芭芭拉的追求者，没有财富，没有还算过得去的前途，几乎等同于一项恶习。事实上，在她看来，有一些恶习并不重要，前提是不要太过；而且要有金钱和社会地位作为弥补。在肖特威斯夫人眼中，没有恶习就等于有美德。

芭芭拉的姑妈心想，庄园里只有年轻的瑞斯利普勋爵一位访客，这时邀请芭芭拉来与她同住一阵子，真是个高明的主意。瑞斯利普勋爵是富有的彼得斯菲尔德勋爵的继承人，而且符合肖特威斯夫人"没有恶习就等于有美德"的要求，所以对芭芭拉而言，与那个在西非海岸的丛林和沼泽里寻找发财机会的俊俏、聪明的年轻人相比，他是个更为理想的丈夫。肖特威斯夫人对侄女与雷吉·克罗夫茨订婚的事一直不以为然，而她邀请芭芭拉来住上一周，不过是一场严峻而艰难的战役的开始，肖特威斯夫人并不在乎这一仗要打多久，只要能达到她的目的，让芭芭拉·普莱福德和年轻的瑞斯利普勋爵结婚就好。

她完成当天的园艺工作后，就坐在草坪上的柳条椅里看这对年轻人打网球。她想，瑞斯利普勋爵可能不如雷吉·克罗夫茨聪明——可以肯定，他显然不那么聪明。但他有望直接步入一个极其成功的行业，这个优势将弥补很多不足。一想到她的侄女要冒着风险前往可怕的西非海岸，哪怕只有一次，肖特威斯夫人就难以忍受。为什么？因为芭芭拉极有可能在一两个月之内被某种可怕的热带病夺去生命。即使她没有真的死在那里，她的健康也会永久受影响。就算所有这些可怕的预言都没有成真，那么推想一下雷吉最多能有什么成就。殖民地总督！她做了尽可能最乐观的假设。好吧，她认识的这类政要不在少数。诚然，他们大部分都很有魅力，聪明有趣——当然是在谈论有关他们自己的话题时。但他们的前景是相当狭窄的——这是必然的。他们每隔几个月才回家一次，然后离开公众注目的中心，回到他们各自的工作岗位上。他们在所管辖的殖民地里是非常重要的人物，但在正常世界中的地位还不如最新当选的议员，或是二三流的舞台明星、电影明星。他们的薪水也不高。当然，雷吉很有可能永远也晋升不到这样耀眼的高度，事实上这是非常有可能的。她叹了口气，在这种情况下，她和侄女的命运将不容深思。肖特威斯夫人决定尽早抓住机会直接发动攻势。

"非常抱歉。"年轻的瑞斯利普勋爵说道。他脖子上围了一条白色法兰绒围巾，正要护送他的对手到女主人身旁的座位上稍事休息。在上一盘艰难的厮杀中，他获胜了。

"你为什么道歉？你做错了什么吗？你如果在我面前做小伏低，我会真的生你的气。"女孩见同伴突然失色，不禁大笑起来。芭芭拉·普莱福德看来不管对什么事情都很开心,而她姑妈走近她时认为,和瑞斯利普勋爵激烈对决之后,她显得比以往任何时候都要迷人。她的脸颊闪耀着健康的光芒,一头漂亮的棕色短发因为跑动稍显凌乱,别有一番魅力,那是邦德街的发型师费尽心机也难以成功模仿的美。她穿的白色丝绸套衫,比帕昆或沃斯最优美的设计更能体现她美妙的身材。她如果穿纯白色长袜,会更显动人——可不是每个女孩子都拥有这样的优势。她的腿匀称优美,脚踝修长而纤细,就连她的同性对手们也不得不叹服。

"恐怕我打得比我预想的更艰难。但是,你知道的,我们刚开始打的时候,我真的以为你会打败我——真的,你知道的。"

就外表而言,瑞斯利普勋爵几乎谈不上风度翩翩。他中等身材,却有着一副相当宽阔的胸膛。他的手臂肌肉发达,握手时的力度告诉你,他可不是个身体孱弱的人。他有一张令人愉快、坦率友好的脸庞,眼睛是迷人的蓝色,头发是金色的鬈发。他容貌中最难看的部位是后缩的下巴,再加上他那乏味的说话方式,让人感觉他比实际要笨一些。

"你不必这样想,"女孩笑着说,"你一个下午给我的锻炼,比我放假后整整两个星期的锻炼还要多。"

"真的吗?"年轻人问道,脸上露出一种看似相当愚笨的微笑。

"是的,我是说真的。你看我们打比赛了吗,凯特姑妈?"

"我只看到了最后几分钟,"肖特威斯夫人说,"我刚刚把花园打理了一遍。"

"我说——但是——你知道的,如果我让你累坏了,真是非常抱歉。"

"你是说真的吗?"芭芭拉故作严肃地问。

"是的,非常抱歉。"瑞斯利普勋爵回答。

他的话很大一部分是由副词和形容词组成的,表达了不同程度的担心和害怕。但是,由于他总是以同样的语气和类似的表情——或毫无表情——说出这些话,所以并没有让他的话产生预期的强烈效果。

"好吧,"芭芭拉说,"我原谅你。这会让我明天进入更好的训练状态。你明天还想打网球吗?"

"非常想,普莱福德小姐。"这位年轻人说。

"我猜你非常热衷于网球?"芭芭拉大胆地说。

"是的!极其热衷。"瑞斯利普勋爵说,但他的话和平常一样缺乏活力。

夜晚开始变得寒气逼人,即使在七月中旬,英国的夜晚也会冷得可怕。

"好了,我的朋友们,"肖特威斯夫人说着,从椅子上站起来,在肩膀上披了一条围巾,"我想我们是时候进去准备吃晚饭了,我想你们两个都饿坏了吧?"

"我饿了。"芭芭拉说。

"哦，是的。我也饿了——饿极了。"瑞斯利普勋爵说。

……

在晚上送来的信件中，有一封是雷吉的笔迹，信封上贴着西非的邮票。芭芭拉兴奋不已，但决定等吃完晚饭再看，晚上早点睡觉。她吃饭时思绪早已飞远，所以瑞斯利普勋爵只言片语的谈话让她比平时更提不起兴趣。对于姑妈的问题，她也是非常机械地回答，除非姑妈先跟她说话，否则她几乎不先发话。桌子对面的年轻人几乎被她抛在了另一个世界，她并非有意冷落他——那是她在她姑妈家时最不愿意被指责的无礼行为，但她满脑子想的都是雷吉的身影，想到雷吉正在三千多英里外潮湿的热带沼泽里一边工作一边等着与她重逢，她就更不愿意搭理本就不冷不淡的瑞斯利普勋爵了。聪明的肖特威斯夫人立刻猜到侄女心事重重的原因，便只象征性地与她攀谈几句，而非真的想让她参与谈话。夫人一直在与瑞斯利普勋爵不停攀谈。对于能言善道的人而言，这并不是什么难事，但对于不善言辞的人而言，就不是特别容易了。年轻的瑞斯利普勋爵秉持的应对之策是，当他必须根据文明社会的要求对谈话做出回应时，他就先说出几个胆怯的副词，黔驴技穷之时再循环使用。当晚餐终于结束时，芭芭拉如释重负，她借口太累先回房睡觉了——其实她也真的有几分疲累了。

……

之前雷吉写来的第一封信相对较短。信是他在阿帕姆号日复一日驶向非洲的航程中一点点写成，并在停靠的第一个港口冈比亚港寄出的。他在信里描绘了同船旅客们的大体特征，这样的介绍就像是前言，是为了更全面、更详细地介绍航行的经历。但起航后才过了三天，雷吉就收到了牛津大学又一位杰出成员被害的无线电消息，这成了信里的主要内容，其他更为琐碎的内容显得无足轻重。当收信人远在千里之外时，从家乡传来的不安消息绝不会让人更安心一些。在岸上时，人们会意识到，由于新闻界竞争日益激烈，各种耸人听闻、触目惊心的新闻标题和描述充斥于早餐桌，但冷静的常识会让它们的震撼效果大打折扣。相比之下，一条新闻，如果是一条在海上收到的直截了当、令人震惊、仅有寥寥数字的无线电消息，就会获得一种非常突出的地位，这是在陆地上混杂于其他大量消息中时很难产生的效果。

但是，就在雷吉的最后一个米迦勒学期结束时，发生了轰动一时的图古德教授谋杀案，将这两个案件结合起来看，这位和蔼可亲的法语高级讲师的被害就在年轻人心中多了一分险恶的意义。所有读到这条新闻的人似乎都毫不怀疑，某个恶魔般狡猾的疯狂杀人犯，正潜伏在这座古老的城市里从事着邪恶的勾当。而且，雷吉不知道芭芭拉是不是还和她叔叔一起住在牛津，他被恐惧折磨着，这种恐惧在其他人看来可能有些不合理。但是，芭芭拉知道，这封信里最让人不安的一点，并不是她的爱人对布瓦萨尔先生遇害案件的恐惧和担忧。她很清楚，她自己的风险是微不足道的，不值得认真考虑。但她确实对她叔叔——同时也是牛津大学一个最古老的基金会的负责人的安全有所顾虑。那个神秘的凶手，尽管动机不为人知，但挑选的两个受害者，迄今为止唯一能引起公众注意的就是他们卓越的学术成就，这似乎并不只是巧合。这个凶手将来会使牛津城产生几乎人人自危的普遍性恐慌，但现在恐慌还没有蔓延开来。大部分学者已经离开牛津，前往欧洲大陆或英国的其他地方度过长假，这两起悬而未解的谋杀案并不足以使这个拥有六万多人的社区真正感到恐慌。

但芭芭拉真正担心的一点，与信里写到的其他事情相关。在雷吉特别提到的几位乘客中有一位德莱弗夫人，她是西非海岸一位军官的妻子，此行去和丈夫会合。她与雷吉同坐一张餐桌——事实上，她就坐在他的旁边。事实上，信里还提到了同桌的其他人。虽然信里对阿特伍德夫人、贾斯珀·克劳史密斯、茜茜·丹尼尔、道森老爹和其他两个男人的言行举止、品格特征的描述越来越长，越来越频繁，而对这位军官夫人的着墨越来越少，但很显然，从他第一次提及德莱弗夫人时就可以看出，他对她的美貌并非无动于衷。而且，从他就坐在她旁边这一事实来看，他和她的谈话肯定和与其他同桌的谈话一样多。

然而,这些谈话几乎没有出现在信中过,即使有,也是非常少而简略的。

比如:"她直到今天才下来。但是,天啊,她真是个赏心悦目的美人,船上其他所有美女都相形见绌!"再如:"这个叫库尔文的家伙是个不折不扣的二流子,简直是最坏的一个,是个彻头彻尾的讨厌鬼。他要是不去撩拨身边的女人或什么人,就会不高兴。他对德莱弗夫人的态度也令人恶心,真奇怪,她居然看不出来这点,她真应该把他骂得狗血淋头,但我想有些女人是不介意这种男人的。我个人认为,要是有人趁夜把他推下海,那就是为世界上其他人做贡献。"

平常不动声色的雷吉竟然放了这样一句狠话!看样子,他几乎是在嫉妒库尔文成功赢得了这位德莱弗夫人的欢心。一定是他自己对德莱弗夫人有几分动心,否则他为什么会这样说呢?然后,直到航程结束,他再也没有提到这个女人了。但芭芭拉今晚收到的第二封信流露出同样的迹象,这使她开始相信沉默才是真正的阴谋。像她这样的女人不难发现这个事实:雷吉避免过多地谈到另一个女子,是因为他被那个女子吸引住了,但他不愿意承认。

芭芭拉绝不是一个嫉妒心极强的女孩,但她也是人。她与雷吉订婚的时间并不长,可现在他要离开她那么久,而男人确实会变心。芭芭拉自己从没有经历过长途旅行,但听很多朋友讲过很多这种旅行罗曼史。船上滋生的种种浪漫情愫,最终会导致当事人毁弃婚约,甚至上离婚法庭。而在诸如印度、非洲之类的地方,不管是已婚人士还是已有婚约的人,他们在忠贞方面都没有什么好名声。

她越往下读,就越相信雷吉与这位可恨的德莱弗夫人的关系比他自己愿意承认的更密切。当然,正如她告诉自己的那样,对于牛津大学谋杀案及后续可能的发展,她感到越来越心烦意乱,但仅这点不足以解释那些令她坐卧不安的猜测。她必须写信给雷吉,和他开诚布公地谈谈。不过,如今他已经抵达海岸,从写信到收到他的回复至少得等五六周,而等待的这几周将充满与日俱增的怀疑和顾虑。

她振作起来,上床睡觉,但她入睡的时间远比平时久,睡着以后又接二连三地做梦,梦境既生动清晰,又令人不安。

……

早晨醒来时,女孩头脑中涌现出了更多理智的想法。她告诉自己是在杞人忧天。总之,她是在为一些琐碎小事担忧。她是个嫉妒心很强的小傻瓜,牛津新近发生的那起谋杀案和它造成的恐慌让她很紧张。对她来说,认为她的情人见异思迁,就像假想她叔叔真的面临危险的威胁一样,都是很愚蠢的。她走进餐厅吃早餐,宽敞的餐厅里阳光明媚,高高的落地窗俯瞰着平整的绿色草坪,这时她已经把昨晚的担忧忘了一大半。早餐前,肖特威斯夫人一直在她心爱的花园里劳作。现在她就在那里,弯着腰在老日晷旁的花坛里用叉子挖着干枯的泥土,周围长着五彩斑斓的草本植物，旁边一个古色古香的石雕鸟桌上摆着一篮刚剪下来的餐桌切花。

"早上好，芭芭拉。"她的姑妈欢快地叫道。

"别等我了，你可以先吃。我想你一定饿了，我一两分钟后就会进来了，但我必须赶在太阳升高之前给这些可怜的玫瑰花浇点水，泥土都干裂了。"说实话，芭芭拉一点也不觉得饿。但是这时餐厅的大门打开，另一位客人走了进来，她不得不在桌前就座，让他自在些。

"早上好，普莱福德小姐，"年轻人说，他的五官还是有些可取之处，至少显得和蔼可亲、心情愉快，"我简直饿急了！"

"很高兴听到这个消息，我想是因为昨天打网球的缘故？"

女孩从餐柜里取了少许燕麦片，然后回到桌前坐下。

"我想你非常喜欢打网球吧？"

"是的，非常喜欢。"瑞斯利普勋爵愉快地回答。

"如果有一段时间不打球，确实会让人很累。"芭芭拉继续说。

"是的，十分累。"这是很省力气的回答。

芭芭拉是一个非常迷人的女孩，她自己也心知肚明。她并没有被这个年轻人深深吸引，但他那种漫不经心的态度令她感到一丝不快。这并不是因为他真的很粗鲁无礼，远非如此。瑞斯利普勋爵的举止无可指摘，没人能挑出他的半点不是。但芭芭拉认识很多年轻男子，他们都很乐于与她相处，甚至毫不掩饰这种开心。而眼前的这位年轻人要么并不为自己的好运气感到特别兴奋，要么就是非常成功地掩饰了这种兴奋。芭芭拉决心找到真正的原因。如果雷吉能通过与另一个女子相处而获得宽慰的话，那么她就没有理由不效仿他。

要是瑞斯利普勋爵知道他将被人当作丘比特之箭的磨石，那天早上在肖特威斯夫人的早餐桌上他就会表现得更用心一些。

汽船上的女妖

阿帕姆号布告栏上那条无线电消息在雷吉的几位同桌中产生了迥异的反应。雷吉本人深受触动，因为他很熟悉那个活泼的小个子法国人。雷吉不止一次在北牛津的社交活动中见到布瓦萨尔，也不止一次有幸到他的学院宿舍做客，品尝他烹制的无可挑剔的法国咖啡。受邀到这样一座圣所参加这样神圣的仪式，保准让客人了解到东道主最美好的一面。

布瓦萨尔的迷人魅力对这个英国小伙子的影响仍未消失。战争早已结束，难以想象这位高级讲师会有哪个敌人心肠如此歹毒，竟然想要谋杀他，而且是在牛津古城的一条大街上将他冷酷无情地杀害。雷吉从未听说过战争时结下的旧日怨仇会死灰复燃,并以如此可怕的方式影响到私人生活。布瓦萨尔先生并不是唯一在假想中一再与共同的敌人搏斗的法国人(雷吉很清楚他的小弱点,也知道他经常使用《小拉鲁斯词典》做武器)。就连性情平和的英国人也沉迷于这样的做法。

那场战争早已远去,结下的仇恨也多少被淡忘了,因此雷吉觉得,不管凶手是谁,这起谋杀案的犯罪动机都与那场战争的遗恨无关。他还觉得,图古德教授在惠灵顿广场的惨死与图尔街的法语高级讲师之死之间肯定有着某种联系,但这种联系是什么,他却无从知道。

这两名死者生前在各自的学术领域都非常出色。难道有一个恶魔般狡猾的疯子,他那错乱扭曲的头脑里无端构想出了对大学教师这个集体的怨恨,所以制造了这两场惨剧?除此之外,确实很难提出其他能合理解释案情的假设。但这个假设似乎太过牵强、太过荒谬,头脑缜密的人觉得难以接受。

一天晚上,查理·威廉姆斯在吸烟室里喝酒,双份威士忌让他的脑子转得比平时更快,他觉得推演出答案没有雷吉想象中那么难。

"我看不出这起谋杀案有什么特别神秘的地方,克罗夫茨。"在酒精的舒缓作用下,他变得随意起来,"当然,只除了一点:他们不清楚到底是谁干的。想想看——这个被杀死的家伙肯定是这个汽车行业的大人物之一。"

威廉姆斯先生坚信牛津对于这个世界的重要性就在于它是一个汽车生产中心。他当然听说过牛津大学，但他把它想象成——如果他曾经费脑子考虑过这个问题的话——某种小学，只是规模比普通小学要大，占据着某幢建筑里的某个位置，全然迷失在将它团团包围的汽车工厂的迷宫里。

"这些汽车人肯定已经想到一些新点子。他们正在设法实现它。"他冲着雷吉摇了摇烟斗的一端，那副神态令人印象深刻，"而这个法国人——这些法国人是相当聪明的工程师，虽然他们的话很滑稽，而且经常说假话——可能正在为他们解决这个问题。这事传到了一些大的美国或德国汽车公司那里。现在牛津的新车把很多这样的外国汽车赶出了英国马路。喂，"威廉姆斯一边说，一边把一只手按在服务员的胳膊上，服务员正在用苏打水稀释他的威士忌，在他看来，苏打水放得太多了，"这些美国人——或者说是德国人，如果你非要这么认为的话——听说了这种新技术。如果这种技术能成功的话——""邦"他把右拳大声地砸到左手掌心上。"会有更多他们的汽车被赶出英国的公路。所以他们商量了一下，决定把这个多事的家伙干掉。"

雷吉认为根本不值得与这个半醉的小商人争辩，所以找了个借口，在查理发表更愚蠢的见解之前机智地撤退了，以免自己忍不住刻薄地评论几句。如果这样针锋相对的话，以威廉姆斯先生目前的状况，免不了一场大闹。

阿特伍德夫人对谋杀案发表了几句恶毒的评论，便岔开了话题。

"这些该死的扫兴鬼被消灭得越多，对国家就越有利！我们希望有几个百分之百的男子汉，而不是很多穿裤子的老女人！"

阿特伍德夫人对大学圈子的了解并不多。提到牛津大学的教师们，她的脑海中浮现的形象就是斯蒂金斯牧师和他那种清教徒的形象。

至于库尔文先生的见解，要是可敬的巴恩斯先生听了，肯定会非常欣喜。

"啊，你知道这些法国人！多好的小伙子啊！即使他们已经成了牛津大学的学生了！"

面对生活中不同寻常的事件时，库尔文先生的想法总是囿于某种思维定式。而提到与某个家乡在巴黎的人有关的谋杀案时，他只承认一种可能的解释。而在贾斯珀·克劳史密斯先生看来，司法和教义几乎是不可分割的，他发表了有关是非曲直的法律理论的长篇大论，并详尽列举了从"开膛手杰克"案，直至如今各种悬而未解的谋杀案的案情，任何事情对于这位言辞浮夸的律师来说都是可以利用的谈资，而布瓦萨尔被害案的中心论点则被完全淹没在这位副检察长如涡流般的空谈中，其中大多数是离题万里的废话，随着他娓娓动人的语调澎湃起伏。任何事情，只要能让克劳史密斯先生有机会尽情倾听自己高谈阔论，都是对他灵魂的慰藉。而他在讨论谋杀案时，很容易冒出大量让人听不懂的法律辞令。与他同桌的旅客们无法完全领会到能成为他的听众是多么幸运，这的确是可悲的事情。

茜茜·丹尼尔是个直言快语的人，正当克劳史密斯先生在餐桌上侃侃而谈地发表高见时，茜茜毫不留情地打断了他的话。

"我有个好主意，"她坚定地说，"如果世界上少一些律师，就会少一些谋杀案——这是事实！如果某个人能在屠宰线上忙个不停，身边有一两个法律教授做伴，而不是去袭击那两个与世无害的老杂种——他们一生的时间都花在如何把死去的语言变活，或是让可怜的孩子们苦读那些老掉牙的法国喜剧——那么世界就太平了。"

茜茜这段严词抨击使侃侃而谈的克劳史密斯先生顿时偃旗息鼓了。茜茜说完，向桌子那头钦佩地看过来的道森老爹抛出了一个骇人的媚眼。道森老爹对律师的看法和丹尼尔小姐不谋而合。他这辈子在"海岸"法庭经历过几次法律诉讼，事后他总是发誓，如果下次有人看到他提起诉讼，不管他的案子看起来有多大把握胜诉，他都会当场把自己的帽子吃掉。鉴于道森老爹的帽子是个相当棘手的问题，他起的这个誓被认为是非常有分量的。

谈话早已远远偏离问题的真正关键点，雷吉·克罗夫茨并不想加入进来。对他而言，这两起牛津谋杀案是真实、重要且与他息息相关的事情，船上其他两百多人也许并不能与他感同身受。这一切对芭芭拉有什么影响？图古德教授和法语高级讲师的命运难道最终不会在她叔叔、圣托马斯学院院长身上重演吗？图古德教授曾是他未婚妻的朋友，而布瓦萨尔是他自己的朋友。他们遭遇的厄运对他而言不仅是冷冰冰的犯罪问题，而是一个非常真实、非常可怕的事实。谁又能轻描淡写地说，院长本人并没有危险呢？

桌上有且只有一个人似乎理解并赞同这个年轻人的观点，此人就是德莱弗夫人。在这个特别的夜晚，她看起来真的迷人极了。晚餐后，将有一场为海员孤儿院献爱心的慈善音乐会。为了出席这一重要场合，船上所有女士都穿上了最漂亮的裙子。盛装打扮的德莱弗夫人看起来美极了，这显然引起了爱报复的阿特伍德夫人的不满。阿特伍德夫人穿着一件领子过高的礼服，她那富丽堂皇的魅力相比之下显得过于庸俗和浮夸。很明显，她比以往更加尖酸刻薄，因为随着饭局的进行，有一点变得越来越明显：爱调情的库尔文先生比以往任何时候都更注意那个年轻漂亮的女人，而对于这位总是言语充满恶意且粗俗不堪的同伴，他却越来越不配合。

"要是今晚德莱弗先生看到你的话，他肯定会很高兴。"她对这位守活寡的女士说道。这句话本身没有什么恶意，但是，从这个善妒的泼妇嘴里说出来，却满含尖酸刻薄的讥讽。

"我想许多其他人的丈夫也是这样想的!"

这句话是茜茜·丹尼尔说的,但她没有什么恶意,话里也不含任何负面的弦外之音。在任何认识她的人眼里,这个粗俗但善良的小女人绝不是一个怀恨在心或脾气乖戾的人。为了庆祝今晚的活动,她也刻意打扮了一番。但她没有什么审美,因此没有发现这个事实:鲜艳的粉色衣服并不适合她蜡黄的肤色,猩红色的袜子搭配紫红色的鞋子一点也不和谐。她上唇上的小胡子倒是很好地被厚厚的粉底暂时掩盖住了,她的眼睛跳动着快活劲儿。

"谢谢你的美言!"德莱弗夫人隔着桌子说。

茜茜引起了道森老爹的注意,这位老商人向她飞了一个殷勤的吻,她也爽快地回了一个飞吻。

晚上很热,电风扇的宽大叶片在桌子上方快速旋转。查理·威廉姆斯以喜剧歌手的身份在音乐会登台亮相,为了通过这场严峻的考验,他一直在喝各种混合酒壮胆。这时,他扔出一卷色彩斑斓的彩带,结果彩带缠在了风扇叶片上,于是明亮的流苏在落座宾客的头上飞旋。没等他们醒悟过来,雷吉和德莱弗夫人已被卷入红、蓝、黄、绿四色丝带绞成的乱糟糟的旋涡中。随着风扇的旋转,彩色纸带缠成的绳结把他俩的头紧紧地拉到了一起。

"稳住,克罗夫茨!"库尔文喊道,"暴风雪中不能接吻!"

"林中孩童代价何其大。"查理·威廉姆斯咕哝道。乘务员赶紧把风扇停下来,雷吉和女孩努力挣脱将他俩牢牢罩住的纸罗网。在所有人接连不断的说笑声中——除了阿特伍德夫人,她的粗话中满是嫉妒的怨恨,以至于使她可能想表达的幽默感都变了味——这对年轻人终于成功脱身了。众人又开始舒舒服服地坐下吃饭聊天,一切恢复正常。

但雷吉违心地感到心跳有点快,因为他被迫与美丽的同桌发生了亲密接触。当他们的脸庞在纸流苏的旋涡中越靠越近时,他感觉到德莱弗夫人的眼睛里流露出一种危险撩人的神情。很显然,被卷入这样的情境,使她的唇险些触碰到雷吉的唇——不管她本人是否愿意,这个年轻女郎并没有感到丝毫懊悔,而雷吉自己也有个模糊的印象:在混乱中他们两人的嘴唇触碰了。他并不确定这是否完全是意外所致。

音乐会正如火如荼地进行,舒适的休息室里人头攒动。充当舞台的低矮台子上,坐着一位戴着玳瑁眼镜、自信满满的年轻女子,自愿担任钢琴伴奏。她正毫无表情和感情地敲击着《绿林二虎》的音乐,但颇有力度。那位歌手自称是男高音,阿特伍德夫人以有失礼貌但颇为形象的字眼将他总结了一番。男高音对歌词只有一个模糊的印象。然而,更糟糕的是他对音乐的理解。他的高音总是有点平,低音始终有点尖,根本无法想象他在现实生活中能完成他所唱的那些辉煌事迹。他又矮又胖,头有点秃,留着沙褐色的小胡子。他越是打手势、跺脚,就越是记不住歌词。但是，在海上漂泊的旅客享用节日盛宴之后对表演并不挑剔，因此虽然这个小个子缺乏艺术天分，但他的诚意甚至让听众们热烈欢呼"再来一首"。他的回报是——经过刚才的努力歌唱，他的音调比以往任何时候都要低——直接唱起了军中小调"小号手"。

雷吉·克罗夫茨因餐桌上的意外有点心烦意乱，便悄悄地躲到了休息室一个小长沙发的角落里。在"小号手"扣人心弦的故事结束时，他看到德莱弗夫人的头出现在从下舱通往楼梯的栏杆上方。她向四周张望，仿佛在寻找某个人，也在躲避某个人。她的目光碰到了雷吉的目光，便立刻向他藏身的角落走去。

"我恐怕打不起精神来欣赏这样的表演。"她用她那慵懒、克制的语调说道，一边在雷吉对面长沙发的一角舒服地坐下，背对着平台。她假装在随身携带的小丝绸手袋里翻找东西。年轻人忍不住欣赏起她那洁白无瑕、纤细修长的手指来，她的手指上只戴着几枚简单雅致的戒指。

"真烦人！"她假装任性嗔怒地噘了噘嘴。

"怎么了？"雷吉问道，心想她看起来和他见过的任何女孩一样迷人，"我能帮忙吗？"

"你可能是个不折不扣的天使。"她说着，又微微笑了笑，稍稍转过身，露出侧脸，然后再次直视他的眼睛，"我把我的香烟留在船舱里了，天太热了，我不高兴特意跑一趟。"

雷吉觉得变热的不只是天气，他感到自己不知不觉间被某种丝毫不令人讨厌的感觉攫住了。为她点燃香烟时，他的手指有些颤抖——他说不清楚为什么。她的嘴唇是一种美味的红色，他想，他从没在任何一个女人脸颊上看到过更柔和、更像桃花的红晕了。当他的思绪这样飞驰时，他又想到了芭芭拉，顿时脸微微有些发红。

德莱弗夫人很快注意到了这个年轻人脸色的变化，但她给自己找的理由并不完全是真的。她发现她已经打动他了，她开始真正对雷吉产生兴趣了。他可比专业的游轮调情大师库尔文有魅力得多。她可以看见库尔文就在休息室对面，被罩在明目张胆的阿特伍德夫人的罗网里。他们似乎正在讨论她和雷吉，而她决心让他们捏造的有关她和她这位骑士的故事弄假成真。

"我觉得你很喜欢你的'海岸'之旅吧？这一切都很新鲜，很不寻常吧？"

"哦，我不知道，"女孩以一种厌烦的语调说道，她长长的睫毛垂下来，遮住大大的蓝眼睛，"我根本就没想过要去，你知道的。但是汤姆说他开始感到很孤独，诸如此类。我并不觉得他会真的感到孤独，他喜欢射击，喜欢露天的生活。我料想，当我真的出去找他时，他会嫌我烦。"

"如果真的嫌你烦的话,他就是个怪胎——我只能这么说!"雷吉的声音中有种无法抑制的愤慨。

"汤姆是个非常传统的人,你知道的,很多陆军军官都是这样的——一旦他们安全结婚了!"她那双富有感情的眼睛赋予了这句暗示意味深长的含义。那边台上轮番上演着威廉姆斯先生的幽默喜剧和那个业余女演员煽情夸张的悲剧,他们这边则漫无边际地聊着天,她成功地暗示了她不太快乐。雷吉·克罗夫茨天生有一种骑士精神,他不禁开始同情和怜悯这个可怜的美人儿。当这艘蒸汽船在大西洋辽阔的怀抱中轻轻地、舒缓地驶入亚热带的夜晚时,她就这样靠在沙发上,离他如此之近。

……

音乐会已经结束。天色已晚。休息室变得闷热难耐。

"在下船舱之前,你介意陪我在甲板上转悠几圈吗?如果我一个人去的话,那个可怕的讨厌鬼库尔文先生肯定会在半路拦住我。"

雷吉需要有一颗更冷酷无情的心,才能抵挡住这位女妖迷人的恳求语气。

"当然可以,"他说,"我一生中从未经历过这么美妙的夜晚,错过就太可惜了。"

半小时后,甲板上已空无一人了。往回走之前,雷吉和德莱弗夫人最后看了一眼洒满月色的美丽大海。

雷吉低头看了看女孩的脸。她美丽的脸庞看起来非常苍白——在月光下几乎有些虚无缥缈。她看起来仿佛不染凡尘、超凡脱俗,但她打破了这种幻觉,在他醒悟之前,她的双臂已经搂住了他的脖子。

"晚安,亲爱的。"她轻声耳语,但嘴唇几乎没有蠕动。

雷吉的双手本能地拥住了她的肩,只一小会儿——他毕竟只是血肉之躯。这对年轻人转身回到休息室的入口处,准备下到船舱去。在一堆明天早上用来擦洗甲板的杂物后面,有一张仍然打开的椅子,椅子上方慢慢浮现出了爱搬弄是非的阿特伍德夫人的脸庞,她的脸上满是嘲讽和恶意。

可疑的人

这真是一个闷热的夜晚。

"我想你对所有这些额外的工作不太满意吧,福斯特?"一个身材高大、肩膀宽阔、脸色红润的人问道。这人留着浓密的棕色小胡子,有一双快乐的蓝眼睛。他穿着薄而粗糙的斜纹软呢外套,可能是一个在牛津做农贸生意的农民。但是,掩人耳目是他的惯用手段,因为他实际上是苏格兰场的总督察布拉姆利。在轰动一时的布瓦萨尔谋杀案之后,当地警方感到有些力不从心了。这座一向宁静的大学城在六个月内发生了两起悬案,这足以让最有效率的地方警察局长束手无策。因此,福斯特明智地下定决心:是时候向英国最著名的犯罪专家请教了。

侦探界的业余选手——大学学监们的努力并没有取得什么进展，如果硬要说有什么进展的话，那就是拖累了职业警察的工作。一想到下学期那个热衷于侦察的半吊子巴恩斯先生将以前所未有的热情履行高级学监的职责，就足以让自强不息的福斯特感到沮丧。

在惠灵顿广场发现谋杀案，并在普西巷找到帽子后，福斯特的调查似乎进了死胡同。经市政当局同意，这位警察局长决定向苏格兰场——也就是伦敦警察厅求援。就在这顶帽子还在伦敦警察厅接受检查的时候，就发生了图尔街的第二场悲剧。

布拉姆利总督察伸直双腿，身子向后靠向椅背，手掌慢慢合拢，头抵向前方。这是他集中精力思考难题时特有的姿势。

"不，福斯特。你现在所面临的问题，甚至比我们苏格兰场平常遇到的问题还要棘手。在伦敦，按照惯例，我们通常对要搜寻的某一特定罪犯所处的阶层有一定了解。之后，我们多多少少是通过排除法展开工作的。在牛津这样的乡村小镇，事情就没那么简单了，这两起罪案简直是我遇到的最难解决的难题。你们的调查没发现任何人能从这两起案子中获利——不管是本地人，或我们所知的其他地方的人。而且，似乎没有丝毫理由怀疑作案动机可能是复仇。我必须说，在组成英国社会的所有阶层中，像这样一座古老大学的教师群体是最没有可能遭受暴力犯罪的。但是，六个月之内，两个善良无害的老人家在牛津的大街上被无情谋杀了,至于犯罪动机,连我也毫无头绪。"

"那我送给你的帽子呢？那个方向有什么希望吗？"从警察局长提问的语气中可知,他并不指望得到一个充满希望的回复,事实的确如此。

"我已经为你做了我能做的一切,福斯特,"探长用缓慢而慎重的语气回答,"我很高兴告诉你,指纹专家们（你知道,我自己不是什么指纹专家）成功地从帽檐下侧提取出了一个相当清晰的拇指印。而且,请注意听,尽管那天下着雨,帽子也被汽油清洁过,但是我还是设法还原了那个指纹——无论管不管用——我应该说,目前看来,用处不大。"他敲了敲旁边桌子上一个包装整齐的牛皮纸包裹,"如果我们的工作对你有什么帮助的话,那就太好了,希望我能亲眼见到。当然,你可以用它来对比你在本地收集的指纹——我相信你已经收集了——如果那个家伙从前犯过罪,你就能看清风往那边刮了。"

"我自己认为,我们没那么容易走上正轨。"福斯特忧郁地摇摇头,说道,"如果我们被迫认为——我想我们的确会这样认为——凶手是个疯子,或者至少是个神经不太正常的怪人,那么这个指纹对你我都不会产生丝毫用处,因为这个人以前几乎不可能犯过罪。我们要寻找的这个犯罪爱好者到底属于哪个特殊阶层？也就是说,我们要从哪个阶层展开行动？"

"是啊——从哪里开始呢？"布拉姆利一脸茫然。这时敲门声响起。

"请进。"警察局长说。一位精神抖擞的警官走了进来。

"怎么了,琼斯?"福斯特问。

"外面有个人,他听说来了一位苏格兰场的督察,他说想见你们,他认为他可以告诉你们一些事情,可能会和这两起谋杀案有关。"

福斯特抬眼,以征询的目光看了一眼对面的布拉姆利。督察麻木地笑了笑。

"啊——"他说,"又是老一套!我们苏格兰场的人就像磁铁一样,牢牢吸引着这些侦探怪人。如果我每见一个这样乱查一气的业余福尔摩斯所花的时间相当于一英寸长,那么我们把所有时间首尾连在一起,就可以从这儿一直到达月亮,然后再折回来,再从大理石拱门一直到卡尔法克斯塔,中间绕过亨利镇,而不是走高科威特的近路。请见答案吧,向读者们回复!"

"我们要见他吗?"福斯特有些疲惫地问道,"据我所知,他是第一个自告奋勇提供情报的人。他是个什么样的人,琼斯?告诉你名字了吗?"

"看起来像是个值得被尊敬的工人——筑路工或砖瓦工,名叫纳特金斯。"

"好吧,我想我们最好见见这位可敬的纳特金斯,如果你不介意的话。"布拉姆利如此说。琼斯奉命去把访客带进来。

那人中等身材，脸色灰黄，鼻子又细又尖，一双小黑眼珠子靠得很近，使他的表情看起来很喜庆。他长着一头稀疏的头发，颜色平平无奇。他没有戴硬领，而是围着一条旧的蓝色羊绒围巾。他那套灰色旧西装已经破烂不堪，打了很多补丁。他的靴子虽然擦得很亮，但有很多使用不当留下的划痕。他可能有一两天没刮胡子了，他显然很紧张，局促不安。

警察局长示意他坐到椅子上。

"请坐，纳特金斯先生，"他和气地说，"我知道你想告诉我们一些事情。"

来访者战战兢兢地坐到椅子上，仿佛椅子随时会爆炸似的。他咳嗽了一声，忐忑不安地看看警察局长，又看看伦敦来的督察。

这个过程中，纳特金斯先生忍不住又咳嗽了一声。布拉姆利督察看着对面的福斯特，似乎在征求他的同意来审问这个人。警察局长点点头。"不要害怕，纳特金斯先生，"他亲切地说，"你放心，我们不会出卖你的，如果你担心的是这个的话，而且没有人会记录任何东西，反正现在还没有。"

纳特金斯又咳了一声，清了清嗓子。

"我虽然是个工人，但我是一个遵纪守法的人，"他这样说，似乎在暗示工人通常是会造反的歹徒，"我不和那些打算来这里制造麻烦的外国人打交道。我说——我总是说——我们英国人可以自己解决我们的问题,不需要他们那种人的帮助。现在,就拿俄国来说——"

他深吸一口气,演讲的兴奋让他变得不那么紧张了,他似乎要发起抨击外国人的长篇大论。

"听着,先生,"布拉姆利亲切而坚定地说,"你当然应当以你自己的方式讲述你的故事。但是,你看我们警察都是大忙人,你似乎有点偏离正轨了。我以为你要告诉我们一些线索,而且你认为这些线索可能会帮助我们破解这两起谋杀案?"

"啊,是的,当然,"纳特金斯说,"我正要讲到这些呢。我——"

"好吧,"探长继续说,"我本不想打断你,但你越早说到重点越好,你知道的。"

又经过几次错误的尝试后,他终于步入了正轨。他是一个劳工俱乐部的成员,但在政治上并不是极端分子。五月一日在东牛津的俱乐部里,一个失业的俄国煽动者发表了一篇演讲,起因是几个更激进的成员劝其来"说几句话",这让纳特金斯先生很是恼火。

"他是个野蛮人,成天打倒这个,打倒那个——当然是打倒皇室和上议院。他总是在打倒他们,我听他说过很多次了。但这家伙不满足于说说而已——不是说他不满足!你可以打赌,绝对不会!"他用一连串极不雅的形容词来形容这个可憎的斯洛伐克人,"他一直在喋喋不休地谈俄国的事情。据他说，大学教授、中学老师以及他们这类人——包括牧师，他说——'靠压榨穷人变得富有'（这是他的原话，就是这样），只教孩子和所有人他们想让其知道的东西。然后他回头谈牛津大学，谈论这些大学教授和他们这类人。当然，他并没有威胁任何人——绝对没有，我应该说。"想到这里，他发出了一阵刺耳的苦笑，然后用力清了清嗓子，继续讲他的故事，"他继续告诉我们，在他自己的国家，他们这些人中的一些已经被干掉了。他并不建议——正如你可能说的——这里的任何人这样干，当然不建议。哦，我也不建议。但在我看来，现在仔细想想，在发生了这些事情之后，他不是在告诉我们关于俄国的一切和发生在那里的事情，而是在提示我们可以在这里做些什么，明白了吗？"他戏剧性地停顿了一下，身子往后一靠，看向听众的脸，想知道他们对他的故事有何反应。但他的听众可能是木头人，因为他们面无表情。"然后……"他顿了顿，似乎是想强调一个特别戏剧性的观点，"仅仅几天之后，我在《牛津时报》上读到了关于这位博萨尔德先生被谋杀的消息。"他把"布瓦萨尔"按英语发音念成了"博萨尔德"，"我想到去年年底在惠灵顿广场发生的另一位教授被谋杀的事——我一时叫不出这位先生的名字，不禁打了个寒战——我可以告诉你。我和我妻子一合计，她就让我来见见你们两位先生，看看你们是不是想调查一下这位叫汤姆博伊斯基或者别的什么名字的先生。"

……

几个小时后，布拉姆利总督察坐在了天堂广场一幢廉租公寓的房间里，这个房间位于一楼，陈设简陋。警察局长福斯特先生在监狱大门附近的皇后街等他。这间小公寓又脏又乱，墙上挂着几幅放大的、镶在廉价低劣的相框里的照片，那是列宁、托洛茨基和其他布尔什维克俄国领袖的照片。墙上原本贴着的俗丽墙纸如今已经破烂不堪，透着一股子潮湿发霉的气息。锈迹斑斑的火炉里没有生火，旁边有一张摇摇欲坠的竹制桌子，桌上摆着一个拆了一半的包裹，里面都是猩红色封面的小册子。

前马车司机、布尔什维克分子弗拉基米尔·坦博夫斯基先生隔着肮脏的桌子恶狠狠地盯着他的客人。他身材消瘦，衣衫褴褛，但衣服的做工很考究。他五官鲜明，也很英俊，但没有留男士杂志上那些虚无主义者常留的胡子。

"你没有权力让我回答你的问题，"他说，声音非常尖锐、激动，他讲着非常地道的英语，几乎没有丝毫外国口音，"我们现在是在英国，不是在俄国，而且我了解你们的法律，你不能强迫我做供述。我为什么要主动做呢？你没有指控我什么——你也不能指控我什么！我不知道是谁让你跟踪我的。大概是某个爱管闲事却不能管好自己的蠢货！如果我谴责你的政府——我为你们上层阶级感到羞耻——你们自命不凡的小教师集团——谁又能阻止我？你们自己的法律允许这么做。"他狂笑起来，"哈——我知道你在想什么！你这样想，是因为我说小教师集团——你们的教授，你们那些自命不凡的书虫——应该被灭绝，这就是我，弗拉基米尔·坦博夫斯基，自由人民的代表应该用他的双手来做的事情！"他又笑了——几乎像恶魔般狂笑，"但是，不——"他稍稍平静一点了，"这不是弗拉基米尔·坦博夫斯基的做事风格！"

他再次放声大笑，仿佛在蔑视他客人的无能。

趁着他短暂的停顿，布拉姆利警官发话了。

"坦博夫斯基先生，你我都知道，我无权强迫你做出供述，或是逼你回答你不想回答的问题。当然了，我听说过你曾经出言威胁大学的教授和教师们——如果你的那些话只是意在威胁的话。正是因为你的威胁，也因为——你也知道的——过去六个月里连续发生了两起教师被害案，我才给你机会，让你发表声明，这可能会帮助你洗清嫌疑。"

听到这里，这位煽动者爆发出一阵嘲弄的笑声，但布拉姆利阅人无数，甚至比此人更让人摸不透，他泰然自若地继续说道。

"当然，你会看到，坦博夫斯基先生，如果可以证明——事实上，的确可以证明——你曾发表过你所承认的那种演讲，而且如果看起来没有其他人对大学教授们心怀怨恨，那么，在政府、警察的眼里，你必然会有一定的嫌疑。我没有做出任何指控，这也不是我的职责，但我可以给你指一条门路，让你一劳永逸地洗清所有可能针对你的怀疑。"

布拉姆利总督察用力向前探身，把肘部支在桌子上，直视着房间主人那双不情愿的眼睛。

"为什么，"俄国人大叫，他用拳头捶桌子，眼睛里燃烧着压抑的怒火，"我为什么应该听你的话？无论你怀疑什么——你也没有任何理由怀疑我——你没有任何证据，而且你也不会有任何证据，因为，因为——"他因为激动，声音变得更加尖锐了，布拉姆利透过肮脏的窗户看到周围房子的门窗里不止一个人探出头来，"你的怀疑都是假的！毫无根据！是错误的！可笑的！"

他瘫坐到椅子上，疯狂喊叫耗尽了他的力气。布拉姆利仍然如往常般冷静，他耐心地等待，直到这个反复无常的外国人的狂怒平息下来。

"我要写一份报告，仅此而已。你不需要答应我的要求，我不会逼你，我也没有权利强迫你同意。但是，如果你同意我的要求——而且如果你说的是真的——其实我没有理由不相信你的话，除非你拒绝，"他的语气变得略有点强硬，这位督察本性中的严厉此刻溢于言表了，"我可以向你保证，我——以及警察局——以后都不会再干涉你。"

"那么，请问，你想提出的这个要求是什么？"

布拉姆利身体向后倚靠，手探向衣服里面的口袋，掏出一个笔记本，他从里面拿出一两张折叠起来的普通白纸，放在桌上。俄国人用鬼鬼祟祟、充满怀疑的眼神盯着他。接着,总督察从侧方口袋取出了一个扁平的小锡盒。他打开盒子,露出一盒普通的印泥。这个外国人似乎在微微颤抖。

"我要你做的事情,"布拉姆利审慎地说道,"就是让我提取你的指纹。"

弗拉基米尔·坦博夫斯基先生的脸色变得有些苍白,他急促地吸了一口气,似乎有话要说。

然后,他的双手无力地垂到膝盖上,接着,他重重地扑倒在地上,昏死过去。

新的焦虑

航行结束了。清晨,阿帕姆号停泊在了西非的一个港口。尽管船要到下午才会重新起航,但雷吉·克罗夫茨已经穿好衣服,在早餐前登上了甲板。他很高兴这次航行终于结束了,理由是多方面的。他越早上任,就能越早回家——回家和芭芭拉结婚,但他的喜悦中夹杂着一丝遗憾。这些天来,大部分时间他过得很愉快。这一切对他来说都那么新鲜、愉快。他不仅从未坐蒸汽船航行这么久,而且——他现在走在这艘载他前往"海岸"的轮船空荡荡的甲板上,回想着——他遇到了如此多离奇有趣、形形色色的人,这是他此生从未有过的经历。他一直认为,大学生活把各种奇奇怪怪的人汇集到了同一时间、同一地方，令人大开眼界，但他自己也承认，如果他的同船旅客是"海岸"的真实缩影的话，那么牛津在这方面和西非相比就大为逊色了。

上船之前，雷吉一直认为像道森老爹这样的人只存在于电影或天马行空的小说中。然而，现在眼前就有这样一个活生生的人，他在被称为"白人坟墓"的丛林中生活了三十多年，直到将近六十岁，而且大部分时间只身一人，或者说，在方圆三四十英里之内没有其他白人。而且，如道森老爹所言，当唯一的交通工具是自己的脚或脚夫抬的吊床时，四十英里就相当于四百英里，甚至四千英里；而非洲的路，放在其他国家只能叫田间小路，雨季时就像沼泽一样泥泞，最宽的地方不过两英尺，两侧都长着密密麻麻、乱蓬蓬的树丛，或是高达十二英尺的浓密象草丛，厚得几乎难以穿越。

道森老爹对于他所在地区黑人的母语、处世之道和风俗习惯的认识，可能是白人中最全面彻底的。普通传教士认为，要把一个黑人变成基督徒，只需给他洗礼，给他一件大衣、一条裤子，并教他用自己的方言哼唱主祷文就行了，但道森老爹并不认同这个观点。他对"人豹会"的了解非常深入，他举了一些例子说明，即使是被授予圣职的本地牧师，虽然不会公开抛弃他们的基督教原则和道德，也会渐渐堕入本地的食人仪式，并从十英尺高台纵身一跃，断送掉当初圣洁地开始的职业。因为这个怪老头恰好来自雷吉要去的那个殖民地，而雷吉的政府职位最终肯定会将他派到西非腹地，因此可以肯定，他们迟早会再次相遇，那片殖民地并不大。

起初听说将有一位真正的副检察长与他同船，雷吉一度非常激动。他还觉得，作为一个新任命的芝麻小官，被安排与这位高官同桌进餐，实在是他的荣幸。初次见面时，克劳史密斯先生的行为举止也没有削弱他的这种信念，因为这位法律界名人自视甚高，再没有哪位真的王室法庭法官比这位可敬的副检察长更气度庄严了。但随着他对西非殖民地的生活方式越来越熟悉，雷吉最初对这位大人物的敬仰也开始有所减少。

克劳史密斯先生所在的殖民地很小，面积不比苏格兰大多少，总人口不超过二百万。即使如此，这位自负的官员归根结底并不那么重要，因为据说这个小国家的法律部门中也设有一位总检察长。雷吉实在难以想象总检察长这位政界高官会怎样装腔作势，而他的下属都像贾斯珀·克劳史密斯先生这样盛气凌人。听这位贾斯珀·克劳史密斯先生说话的口气，就好像他的殖民地事务是所有正派英国人日常关注的重要事情，其法院的判决则是国内所有法律界人士关注的焦点。有一天，在一次甲板上的例行健身散步过程中，雷吉因一时鲁莽，诚实地向这位副检察长承认，他在一两个月之前甚至不记得听说过这样一个殖民地，甚至还当场断定那是一个法属殖民地。对此，克劳史密斯先生露出了难以置信的茫然神情。后来，当克劳史密斯先生抗议雷吉这一说法的真实性时，雷吉不得不暗示自己肯定是开玩笑，而且是非常不体面的玩笑。

像库尔文这样的人，雷吉以前也遇到过，不过是在三流的商店里，干的是百货公司巡视员的活儿。每当顾客的目光注意别的地方时，这种人就会不怀好意地盯着漂亮的女员工看。

阿特伍德夫人似乎是独一无二的一类人——总之，雷吉希望是这样的。对于殖民地总督、总督夫人和随行人员这个群体，她发表了很多充满恶意的评论，并助长了这样一种想法："海岸"社会某些阶层中那些看似体面的妇女，其实满口说的都是酒吧里的口头禅和诨名，并不受人待见。自慈善音乐会那晚起，这位女士就开始公开对他和德莱弗夫人表示敌意，他怀疑她在船上到处散布关于他和那位夫人的各种不雅谣言，他的怀疑并非没有根据。

他现在已经发现，查理·威廉姆斯是"海岸"非常常见的一类人。查理在一家大公司旗下的商店柜台工作，这家公司是向西非的黑人出售廉价的曼彻斯特棉制品、肥皂和美国烟叶发财的，反过来，它收购一些商店所在地区的特产，如棕榈油、棕榈仁、生姜、象牙等。他们总是自称"商人"，出于维护公司形象的需求，公司董事会为他们提供前往"海岸"的头等舱船票，实际上他们住在二等舱反而会更自在些，因为在二等舱不需要穿浆过的衬衫吃晚餐,也不需要模仿另一个社会阶层的礼仪。事实上,可能是出于嫉妒,他们私底下对上层阶级的人表达了一种尖酸的蔑视。查理这类人因为所处地位和所受教育,所以工资很高,而且出于"海岸"上因肤色形成的同志情谊——在这里,少数白人零零散散地分布在数量巨大的黑人群体中——他们在谈到总督、法官、居民和军官时,通常都是轻描淡写地直呼其姓氏而不加任何头衔,除非当面称呼对方。

乘客中也有少数传教士,其中有些来自美国。他们显然认定他们的祖国已经足够文明,没有必要进一步传福音了。然而,有些不怀好意的乘客暗示,他们似乎来自美国社会较为卑微的阶层,他们来非洲,是因为置身非洲更为原始的种族中,仅凭白人的肤色就能获得一种他们在家乡圈子里不一定能获得的威望。这种人为的地位攀升,以及来自美国各州信徒们慷慨解囊的宽裕现金流,能确保他们步入一个生活更舒适的阶层,远比他们在宾夕法尼亚州、堪萨斯州或俄亥俄州时所期望得更为舒适。

船上还有两对瘦削憔悴、戴着角质边框眼镜的夫妇,带着几个脸色苍白、举止粗鲁、吵吵闹闹的孩子,孩子们的父母骄傲地宣称他们出生在西非。诚实的茜茜·丹尼尔不止一次公开表示,她认为,这些父母最好在自己的国家里教育孩子们成为文明人,而不应该给很多食人族穿上衬衣和长裤，向开化的非洲人发放廉价的《圣经》版本，而这些《圣经》最终会被非洲人当作革命的口号，用于旨在把白人驱除出非洲的革命性政治布道中。

想到今天必须和娇美的德莱弗夫人告别，雷吉就感到一阵莫名的悲痛。如果阿特伍德夫人没有四处散播那些对她的恶意中伤，也没有对音乐会当晚甲板上那无辜的一幕进行小题大做，如果船上某些乘客在看到他俩在一起时没有愚蠢地推推拉拉、挤眉弄眼，那么也许他会对即将到来的告别少一些顾虑。但是，人群中某种针对他俩的敌意，几乎比任何其他感觉都更快地促成了一种联合的纽带，尤其是这两人性别不同，且彼此之间颇有吸引力时，这种纽带的形成就更加强有力。

雷吉戴上了太阳帽，这还是他上船之后第一次戴。他的目光越过汽船的栏杆，望向这个港口的蔚蓝海面。虽然才早上七点，船的一侧已经围了一群小船和汽艇。两个黑人正负责从一艘大平底驳船往阿帕姆号的水箱中注入淡水，他们身上被煤尘熏黑的衣服与他们黝黑、善良、长着宽阔鼻子的面孔色调一致。雷吉站在船上时，汽船的蒸汽泵突突运转，发出震耳欲聋的噪声。一个衣着光鲜的当地警察站在舷梯上禁止任何人进出，只有获得许可的人例外——但这只是说说而已。事实上，由于现场没有白人官员，只要承诺送上一份大礼，或者现场塞上一份小礼物，这个警察就可以让穿着各色服装、黝黑皮肤的游客长驱直入，这些人中，有穿着长袍、戴着红圆帽，出售各种当地古玩（诸如鲜红色皮革包裹的瓶子，豹皮香烟盒，颜色鲜艳、形状古朴的篮子）的土著商人，也有各种衣冠楚楚的文明黑人绅士，他们穿着锃亮无瑕的欧洲棕色靴子、条纹裤、燕尾服，戴着硬领子、平顶硬草帽，他们是趁船上的酒吧开放，赶来喝一杯给白人喝的清凉冰镇酒。

在一位非洲邮政官员的指挥下，邮件被放进了一艘飘扬着政府旗帜的驳船。这个邮政官员戴的有王冠徽章的帽子宣告了他的等级，当大声命令处理麻袋的工人时，他讲的是晦涩难懂的奇特英语，而与同等级服务于航运公司或其他政府部门的人交流时，他讲的是字正腔圆的文明语。这里看起来与牛津相差甚远。想到这里，他回忆起了六月的那个晚上，在萨默维尔的大门口，芭芭拉泪流满面地与他依依惜别。

上岸之前，他还有很多事要做，所以他转身准备走下船舱。他漫不经心地瞥了一眼无线电消息的公告栏。那天早上，有一张新的消息钉在了公告栏上。他低头往下看，倒不是因为他期望看到感兴趣的消息，而是出于习惯。在诸多表示消息来源的地名中，他又一次看到了牛津的名字。

"据报道，有可靠消息称，惠灵顿广场的谋杀案出现了意想不到的进展，预计很快就会实施逮捕。"

这则消息令雷吉振奋不已。自离开英国以来，他一直为芭芭拉·普莱福德或她叔叔可能面临的危险而惴惴不安。谋杀案的两个受害者都与她叔叔同属一个阶层，而且凶手仍然在牛津城里逍遥法外。凶手已经犯下了两起可怕的罪行，却还没有得到应有的惩处，谁敢说他不会出于种种奇怪的理由而继续行凶，伤害更多无助的受害者呢？警方似乎终于能够展开追捕行动了，这对雷吉来说是个好消息。英国警察局是一个非常谨慎的机构，在侦查谋杀案时尤其小心谨慎、考虑周密。在这种情况下，他们很少贸然实施逮捕，除非他们掌握了足够的证据，而且确信他们收集的证据足以定罪。

过去，在证据不足时实施逮捕被证明是不可挽回的错误。因为如果一个人接受了审判又被宣告无罪，那么不管之后会出现多么强有力的新证据，都不能再以同样的罪名传讯他。雷吉和任何对图古德教授案和布瓦萨尔先生案有所了解的人一样，都坚信那个击倒那位不幸的拉丁文教授的凶手，和夺走那位杰出的法文高级讲师生命的凶手，就是同一个人。而且，一旦凶手被妥善羁押，或者甚至面临被逮捕的紧迫风险，那么雷吉就不用再为未婚妻的叔叔而担惊受怕了。

他刚要转身离开，无线电员就从楼梯上下来，手里拿着一张新的新闻纸。

"对不起，先生，"他说，"刚刚又收到了几则新闻。我想，不妨趁乘客在这个港口上岸之前把它们贴出来，一旦上岸了，恐怕就没机会经常看新闻了！"

他眨巴了一下眼睛，打开箱子，拔出大头针，把旧新闻纸重新排列好，把新的新闻纸钉在它所属的位置。他愉快地向雷吉点头告别，回到了自己的船舱。

雷吉再次走到公告栏前面，阅读最新的新闻。只有两行新消息：

"牛津。晚间消息：昨晚有一身份不明之人秘密行凶，企图谋杀圣托马斯学院院长普莱福德博士，凶手已逃走。"

……

"不得不说再见，这真让人难过！我真的很喜欢和你聊天。对于船上的许多人，我可说不出同样的话。"

德莱弗夫人穿着一件款式简单的连衣裙，纤纤细腰上系着一条鲜红的腰带，看起来就像一朵新开的玫瑰般清新。雷吉站在绳梯前的入口处，她伤感地凝视着雷吉的眼睛。他立刻认定，最适合女人戴的帽子就是德莱弗夫人戴的那种软边草帽。他现在仍然忧心忡忡，因为一两个小时之前读到那则可怕的无线电新闻时的余悸未消，但女孩充满同情的话语给了他前所未有的抚慰。他向她弯下腰，热情地按住她的小手。

"再见，德莱弗夫人。你能对我说这些话真是太好了，我甚至比你更喜欢我们的谈话，我会写信告诉你我的情况。愿你保重！享受一段美好时光,祝你开心。我想你的丈夫真是一个幸运儿!"

在他仍然弯着腰,还未松开她的手时,他听到身后传来一声尖锐的金属撞击声。他转过身,正好看到一脸愤世嫉俗的库尔文将一台小型折叠式相机塞进口袋。

圣托马斯学院院长

每当牛津大学的长假来临时，普莱福德博士都会感觉略微轻松一些。不过，对他来说，这并不意味着真正的假期，反正不是大家认为的那种假期。因为在本科生放假的几个月里，他要完成他心中最重要的工作。他喜欢年轻人——再没有人比他更喜欢年轻人了。但是，作为一个规模很大、事务繁杂的大学学院的院长，他必须履行很多日常职责，这使他非常恼火。他自己并不是一个喜欢严格遵循纪律的人，他甚至在小时候就难以忍受那些保守主义迫使校长们在课程中增加的琐碎无聊的限制，要让他施行很多他自己并不真正认同的规定，这令他非常不痛快。

很多次学院会议上盛行的那种气氛也让他烦恼和生气，他甚至记得他还是本科生时就抱有的信念，即大学教师应当过一种平和淡泊的生活，对于那些在古老大学的围墙外涌动的大千世界里的争吵和争执，他们应不为所动。但轮到他自己成为学院的董事后，他发现，尽管那古老的公共休息室里一片祥和气氛，从前那些著名教师的慈祥面孔，从布满灰尘的沉重镀金相框里平静地俯视铺着绿色台面呢的长桌，以及桌上摆放的羽毛笔和镶嵌的老式铅质大墨水池，但在这历史悠久的墙壁背后，仍少不了刻薄和怨毒的发泄，这对他来说是个不愉快的打击。

A先生反对推选温彻斯特的史密斯获得奖学金，只因后者的论文体现出了一种科学的思维框架。他很清楚，在B先生坚定地捍卫其事业的过程中，正是这种思维框架发挥了重要作用。B先生自己研究的学科是自然科学，如果史密斯最终当选，他将有希望最终带领史密斯获得科学学院颁发的学位。C先生是著名的高级亚述学倡导者，对A先生和B先生各自的学科都没有兴趣，但他发现他个人不像反感A先生那样反感B先生，他支持史密斯当选只是为了惹恼A先生。当然，他不会向任何人——甚至包括他自己——承认这个动机。但这就是事实，他的同事们也并没有眼瞎到被他的伪装所欺骗。

所有这些以及其他一百种钩心斗角和明争暗斗都让普莱福德博士非常不安，他认为董事们应该把卓越的学术事业和学院的好声誉放在第一位，个人恩怨应退居其次。

对这位慈祥的院长来说，要开除一个年轻人也令他痛苦不堪，所以他不轻易开除学生，除非其严重违反了确立已久的道德规范。其实他自己的宗教信仰有些模糊不清，而且因为大学还没有发展或堕落到允许公开的不可知论者担任学院院长的程度，所以他也只是在形式上表达了自己的信仰。但即便如此，他遵循严格的道德观，即使最虔诚的基督徒也挑不出他的毛病。他在内心深处认为，一个年轻人，有望成为才华横溢的学者，仅仅因为偶尔参与一次醉酒狂欢，而不幸被严厉且固执的学监发现并上报给学院要求惩罚，就要将其开除，这既残酷又不公正。男孩子就是男孩子，回想他自己的大学时代，他可以扳着手指头数出好几位犯过错的杰出人物，包括两位主教和一所著名公立学校的校长，有一次，多亏朋友们出于同情帮忙出谋划策——他自己在那次密谋中也扮演了重要角色——他们才得以摆脱可怕的耻辱。

长假已经开始，上一学期的日常工作已经圆满结束，院长先生又可以自由地投身到他真正喜爱的研究工作中去了。

目前，他正在从事一项复杂的工作。他在写一部有关约翰逊博士的完整历史，他打算根据忠实的鲍斯韦尔的记载，描绘约翰逊博士一生中居住过或者拜访过的所有房子。这位院长获得的硕士学位是古典学领域的，但他后来对那些伟大的英国大家发生了浓厚的兴趣，尤其非常崇拜这位伟大的词典编撰家。事实上，他的文学博士论文的主题就与约翰逊相关。

普莱福德博士的侄女芭芭拉已经从姑妈家回来了。普莱福德博士一直很爱他的兄弟——也就是芭芭拉的父亲，不幸的是，他这位兄弟以上校身份在法国服役时死在德国飞机的一次空袭中。芭芭拉的寡母一直未能从这沉重打击中恢复过来，停战后没几个月就撒手人寰了。芭芭拉便把叔叔位于圣托马斯学院的院长宅邸当作了自己的家。她已经在她叔叔的家里和心里有了根深蒂固的地位，想到爱情和婚姻终有一天会使他和侄女分离，老人几乎感到恐惧。

在院长家那间镶着橡木饰板、古色古香的餐厅里，晚餐已经结束，普莱福德与他唯一的客人瑞斯利普勋爵，以及唯一在场的女子——芭芭拉坐在一起。瑞斯利普勋爵亲自开车把芭芭拉送回家，为了表示感谢，院长便邀请这个年轻人共进晚餐。

"你对英国散文和文学感兴趣吗？"普莱福德博士问道。

这时，倘若东道主出于某种目的用心研究这个年轻人的面部表情，就会很清楚地发现，他对任何知识都没有特别的兴趣。他的脸有点红，也有些困惑。然而，出于多种原因，他不希望对主人无礼；同时，他也不希望自己的回答显得过于积极，免得陷入超出他思想深度的讨论，因为他实际上并没有什么深度。

"呃……"他咳嗽了一声,"你知道,先生,我是说,我喜欢司各特的一些东西,你知道的,非常喜欢。但是,恐怕我已经很久没有认真读过他的什么书了。"

瑞斯利普勋爵的这番招供至少建立了一个共识,使接下来的谈话对他来说不至于太深奥,对博学的院长来说也不至于太无趣。

"啊——我也有段时间没有读沃尔特爵士的书了,但我从前读的时候是非常喜欢的,有些散文确实非常美妙。请问,你最喜欢他的哪部小说?"

这对不幸的瑞斯利普勋爵来说确实是个难题。芭芭拉一直在聆听他俩的谈话。至于瑞斯利普勋爵,在肖特威斯夫人家做客的最后一两天里,他已经开始意识到芭芭拉是一个多么有魅力的女孩。因为芭芭拉很快开始了行动,她认为雷吉的那封信略有一丝冷淡,所以收信当晚她就下定决心报复他。她成功地刺穿了这个年轻人冷漠的盔甲,事情的进展甚至比她预期中更快。瑞斯利普勋爵决定必须大胆出击,此时,他觉得,在声称非常喜欢司各特之后,再承认自己甚至记不起司各特任何一本书的名字,这实在太丢脸了,但如果承认自己从来没有从头到尾读过一本司各特的书,那就更糟糕了。

"我想，"他最后总算憋出了一个名字，"《名利场》[1]是一本难得的好书。"

芭芭拉看样子就要跳起来了。博士本人倒觉得接受这个说法并不困难，这句话本身并没有什么问题，只是答非所问而已。但他不想让客人感到不自在，便设法帮其找个台阶。"也许你更喜欢诗歌。"他说，尽力装出一本正经的样子，"你喜欢《玛密恩》[2]吗？"

"是的，哦不——"瑞斯利普勋爵回答。他觉得好像有什么不对劲，但完全意识不到问题出在哪里。"不过我认为——"他又轻率地跳入了陷阱，"我真的更喜欢《古舟子咏》[3]。"

坐在长椅上的芭芭拉再也无法用沉默掩饰自己的情绪了，她根本不敢看坐在对面的叔叔的眼睛。至于瑞斯利普勋爵，她感觉直视他一眼都会让自己暴跳如雷。她费了很大工夫才控制住自己，说："我个人认为，《贾巴沃克》比它们都强！"

这句话起到了安全阀的作用。随后大家都笑了，芭芭拉的笑声是迄今为止最响亮的，被她压抑的情感一下子宣泄而出。

"你有雷吉的消息吗？"她叔叔说，终于可以找到合适的机会问她

---

[1] 《名利场》是英国作家萨克雷的小说。——译者注
[2] 英国作家司各特的诗歌。——译者注
[3] 英国诗人柯勒律治的诗歌。——译者注

这个问题了。

"有,"女孩回答,"但那封信是从他停靠的第一个港口——冈比亚寄出的。他写信的时候,还没到自己的殖民地。"

院长觉得他侄女的语气有些冷淡。但他从来不会假装理解现在的年轻人,实际上他们对他而言是个谜:战后的这些年轻男女似乎与他不属于同一个种族,他从未想过这相当明显的冷淡之下可能潜藏着其他原因。漫无目的的谈话又断断续续进行了半小时左右,瑞斯利普勋爵看了看表。

"抱歉,先生,"他对主人说,"但现在已经快十点了,恐怕我得请您原谅,我今晚要回班伯里的家。我把车留在了伦道夫,明天我得早起开车送我母亲进城。"

……

瑞斯利普勋爵站在大厅里穿上外套,因为七月的夜晚会很寒冷,而且接下来他还要开敞篷车行驶三十英里。

芭芭拉提出代替叔叔送客,她叔叔欣然同意,因为他急着回到书房投入工作。而且,长假期间的晚餐后,他通常要分秒必争地投入他的约翰逊研究,任何打扰都会让他很不高兴。

"再见,芭芭拉。"瑞斯利普勋爵有点紧张地对芭芭拉说。

"再见,"芭芭拉说,"非常感谢你送我回家,我认为这是一次非常棒的旅程。"

年轻的瑞斯利普勋爵似乎在犹豫什么。宽街上的路灯亮了,房子的大门正对着这条历史悠久的著名街道,但周围似乎没什么人。虽说现在牛津城不仅是一座古老的大学城,而且正在迅速成为一个商业城市和工业城市,但假期晚上九点以后街上就几乎看不到人影了。

瑞斯利普勋爵再次转过身,就好像惠廷顿站在他面前似的。"我相信,"他有点迟疑不决地说道,"如果你愿意来和我们一起过周末,我母亲会非常欢迎的。"

"非常感谢,我很愿意。"

女孩当前的目标已经实现了,这个冷淡的年轻人已经喜欢上她了。她很喜欢他,但不是对雷吉的那种喜欢。而且,她只是把他当备胎,在她的未婚夫变得不听话或难对付的时候,她或许有必要加以利用。瑞斯利普勋爵以为他赢得了一分,便马上回到客厅。

"我想,"他说,他的呼吸变得非常急促,"如果……如果……如果我吻你一下……芭芭拉,你会不会介意?"

女孩后退一步。事情的进展比她预期或计划的要快一些。她微笑着说:"我不知道这是否有必要?"

大厅里很暗。厅里有一个壁龛,就在面向街道站立时的右手边,在通往二楼的楼梯下方。女孩背对着壁龛站着,瑞斯利普勋爵本来一直站在那里，热切地等她回答。她回答时后退了一步，正好站在壁龛里。年轻人迅速走过来，用双臂搂住她的后背，弯下身子，显然是想吻她——不管她怎么回答。他没想到她会反抗，因此被她往后推了一把时，他似乎很惊讶。因为在肖特威斯夫人家的最后一两天，她鼓励并积极接受了他的求爱，这让他有理由认为如果大胆追求她，将不会被拒绝。

芭芭拉现在意识到至少有一部分错在她身上，她先是粗暴地推了他一下，可当他退后并松开拥抱时，她的动作变得温柔一些了。

"不行，"她屏住呼吸说，"瑞斯利普勋爵，求你了！"然后她喊了一句，"那是什么？"她的目光越过他的肩膀，看向后面的大厅走廊。

"什么是什么？"瑞斯利普勋爵说。

"我想我看到有人从你身后的走廊里溜走了。"

"灯在哪里？"瑞斯利普勋爵问。

芭芭拉提心吊胆地走上前，按下了开关。走廊里没有人，对面餐厅的门是开着的。当他们背对着前门往大厅看时，餐厅门就在他们的右边。走廊尽头是一扇狭长的落地窗，正对着学院里的一个方院。夏天，在仆人锁门并上床睡觉之前，这扇窗一般不会被锁起来。

"我们去检查一下餐厅吧。"芭芭拉说，她紧张得透不过气，"我肯定刚才有什么东西从你身后经过，我想是一个男人。"这对年轻人打开餐厅的灯，彻底搜查了一遍，就连厚厚的天鹅绒窗帘后面也没有放过。

不管春夏秋冬，这里的窗帘都紧闭着，把通往小方院的窗户遮得严严实实。窗台是那种宽阔的老式飘窗，没有看到任何人影。

"我们最好把大厅的窗户锁上，"芭芭拉说，"如果有人从那条路逃走，他就只能从门房出去。学院大门是锁着的，他必须求门房放他出去，这样我们就能知道他是谁了。"

瑞斯利普勋爵再次道别离开，但神情比刚才要懊丧些。前门锁上了，也上了闩。

芭芭拉到一楼书房向她叔叔道了晚安，然后上床睡觉，但对瑞斯利普勋爵的事只字未提。这件事暂时打破了她平日的冷静，她现在满脑子想的是如何应对新出现的情况。

普莱福德博士完全沉浸在工作中，他以为自己在书桌前才坐了一个多小时，可当他看向壁炉架上的小钟时大吃一惊，原来现在已经是午夜过后了。在这间宽敞舒适、摆满书籍的书房里，唯一的光源就是书桌上一盏罩着绿罩子的台灯，在周围投射出一小圈光亮。

圣托马斯学院的院长现在明显感到疲惫了，因为他终于把注意力从他的任务上移开了。他躺倒在一把巨大的皮质扶手椅里，打算先休息几分钟再上床睡觉。扶手椅后面的书房门半开着，他的右边是一个大旋转书柜，柜顶凌乱而摇摇欲坠地堆着一大堆工作时要用的参考书，他突然意识到自己已经疲惫不堪、昏昏欲睡，便在上楼之前闭眼休息了一会儿。

……

　　院长突然清醒过来，一阵恐慌袭来。他脸上有个东西——黑的、粗糙的——一块布！他敢肯定布后面有一双人的手。他痛苦地感觉到一个男人的膝盖顶住了他的肚子。他意识到某种恶心的气味正在钻进鼻孔。他想站起来，想大叫，但都失败了，一只手正在摸索他的喉咙。在极度的恐惧和惊慌中，他张开了手臂，右手碰到了旋转书柜顶部那堆沉重的书，书倒了。他意识到一阵可怕的巨响——也意识到压住他的肚子、脸和手的力量消失了，然后他就昏厥过去，失去了意识。

这是一条线索吗

普莱福德博士在遇袭的次日早晨有一些受惊。他虽然身子骨很硬朗，但毕竟已经年近七旬了，而且第一次遭遇谋杀，还险些丧命。那天早上，芭芭拉尽力劝他卧床休息，因为接下来警察要来上门调查，这种情形将会让他非常痛苦，但老人固执地坚持自己的想法。九点钟，布拉姆利探长和警察局长登门时，这位圣托马斯学院院长已经在书房等候了。房间里仍然一片狼藉，与往日大不相同。虽然普莱福德博士以前没有直接和警察打过交道，但他非常清楚，调查罪案时，警察更希望让现场保持原状，直到勘察完现场并得出结论为止。

这两名警官被请进书房，院长示意他们坐下。他拿出一盒雪茄，让芭芭拉把它放在他们手边。

"不，谢谢你，先生，"布拉姆利说，"我想我还是不抽了。今天早上我们有的忙了。"

福斯特也婉拒了。

"我当然知道你们为什么来见我，"院长说，"不过，在你们开始调查之前，我有个问题：请问你们是否反对我的侄女在场？我有个想法，她对你们的帮助会比我自己对你们的帮助大得多。你们可能已经听说了，事情发生得太快、太突然，在意识到出事之前，我就已经不省人事了。"

"完全没有异议，先生，"警察局长微笑着说，"我们已经冒昧地问了普莱福德小姐一两个问题，她在这里会非常有帮助。"

芭芭拉跟在两位警察后面进了书房，听到这话，她喃喃地道了一声谢，便在叔叔身边的椅子上坐下了。她非常感激警察允许她留在这里，因为她还不清楚昨晚的事情对她叔叔的打击到底有多大。"如果您不介意的话，"她转过身来，对似乎负责此事的布拉姆利说，"我想，我最好先讲讲我的故事。您看，我在我叔叔遇袭之前就注意到了一些古怪的事情，而且出事后也是我发现他的。"她不禁微微一颤。

她温柔地看向这位庄重的老学者，他现在是警察调查的主要对象，似乎显得无所适从。布拉姆利默许了，另一位警官也点头同意。女孩开始了她的故事。

"我当时在大厅里,和一位朋友告别,他当晚和我们一起吃了晚餐——"

"对不起,普莱福德小姐,"布拉姆利说,"打断一下,请恕我无礼,但我认为你最好同时告诉我们你这位朋友的名字。请不要以为警察问的每一个问题都会让某个人受到怀疑——绝非如此。"他咧嘴笑了笑,他的同伴也笑了,他又说道,"但是,调查这类案件时,掌握每一个潜在证人的名字对我们都会很有用。况且,这不会是一桩简单的案子。这样也省得我们在陈述结束时问你一长串问题。"

"当然,我非常理解,探长。他是瑞斯利普勋爵。"说出这个名字的时候,一阵红晕在她漂亮的脸上蔓延开来,因为她想起了瑞斯利普勋爵离开前发生的事。院长望着侄女,注意到了她脸色的变化,但不明白缘由。

"大厅的门是开着的,走廊尽头的落地窗没有上锁。饭厅的门是开着的——院长总是喜欢在饭后把门打开,让房间通风。有一个人,不知道是谁,突然跑过大厅,然后消失了。瑞斯利普勋爵和我没来得及看清他去了哪里,但我肯定,他不是进了餐厅,就是从那扇落地窗逃走了。"

"普莱福德小姐,我想你不能向我描绘这人是矮是高,是黑是白,穿什么衣服，或诸如此类的任何信息？"探长提醒道。"关于这点，恐怕我不能给您提供任何帮助。"女孩说，"您要知道，当时大厅的灯没开。房子的前门正对着宽街，有光透过前门的气窗照进来，所以我经常懒得开灯。"

"那么，据你说来，这个人也可能是个女人——根本不是男人？"

"是的，这很有可能。"芭芭拉回答。她告诉警官她和瑞斯利普勋爵一起检查了餐厅，发现面向小方院的窗户是紧闭的，而正对宽街的窗户是敞开的，但没有人能从那里进出，因为石头窗框上安装了防盗铁条。多年前，前任院长住在这里时，曾发生过一起入室盗窃案，小偷是从街上翻窗进来的。之后，学院便采取了措施，以防此类事件再次发生。

"大厅走廊尽头的落地窗呢？"福斯特问。

"是开着的，敞开着，"芭芭拉回答，"我不太清楚它之前是否开着，但反正那扇窗没上锁。夏天总是这样，在仆人们锁好门窗上床睡觉之前，那扇窗都不会上锁。他们那时还没有去睡觉——才刚过十点。厨房在楼下的半地下室，那个人不可能下楼，否则会被仆人们看到，但他们什么都没看到。"

"那么，闯入者肯定要么从大厅的落地窗逃走，要么从前门逃走？"轮到布拉姆利开始盘问。

"他不可能从前门逃走。我先把前门锁上，然后才去搜查餐厅。我们在餐厅里没待多久，餐厅门一直是开着的。"

"但是他可能溜回来，上楼去了？"布拉姆利继续问。

"我认为不会，"芭芭拉回答，"您看，那时大厅的灯是开着的——我把它打开了。我想，如果有人在餐厅门外经过，我们中总有一个人会注意到。而我们没有注意到有人——事实上，我想，是没有特别注意到。"

"你检查过餐厅窗户的锁吗？"布拉姆利说。

"检查过了，"女孩回答，"窗户是金属框架的，有铅制玻璃窗格。拉动一个把手，就可以让一个小铁舌卡进窗框的槽里。还有一个带螺丝的滑竿，可以用来控制窗户的开口大小。当时，那两扇窗户都是关着的，从里面锁上了。"

"你今天早上检查过这两扇窗户吗？"福斯特说。

"没有。普莱福德博士今天早上在床上用的早餐，我也上楼在他的卧室里吃了早餐。发生这件可怕的事情之后，一切都很混乱，我想仆人们今天早上还没有碰过这个房间。"

芭芭拉·普莱福德是一个坚强的女孩，从不轻易灰心丧气。但她美丽的脸上开始流露出不安的迹象，她的眼泪就快要决堤了。激动使她的神经紧绷到了极点，但她现在才开始意识到。过去几天发生了太多令她不安的事情。她爱人的信——她认为——让她有些不满。然后是昨天晚上与瑞斯利普勋爵之间发生的小插曲。而她叔叔遭遇的凶险袭击更是让她神经紧张。在叔叔遇袭后的凌晨，她失眠了好几个小时，这让她有足够时间为这事感到后怕。她不由得将此事与她的朋友图古德教授和法语高级讲师布瓦萨尔先生被害的案件联系起来。她叔叔是否也面临某种黑暗、邪恶的厄运？过去几个月的担惊受怕，足以让一个比芭芭拉更勇敢、坚毅的女孩也感到沮丧。布拉姆利和福斯特警觉地注意到了这个女孩举止上的变化。

布拉姆利对警察局长说："福斯特，我认为目前我们最好找门卫，问他几个问题。他应该知道昨晚午夜后是否有任何人走出学院。同时，我们可以查看一下餐厅和大厅周围的情况。"然后，他转向院长，"先生，恐怕我们必须晚一点再来，到时候再请您告诉我们您所知道的一切。"

普莱福德博士默许了，这两个人便离开了房间。若是在其他情况下，他们会立即继续进行已经开始的调查。但是，出于骑士风度，他们很体谅这个勇敢坚毅、美丽动人的女孩和这位深受打击的院长的心情，便提出改变一下调查顺序。

……

几分钟后，他们到了圣托马斯学院的门卫处，但没有受到热情的欢迎。在学院里，老索耶可比学院院长专横独断多了。他透过门卫处的小玻璃窗看到这两个人走过来，也猜到他们此行肯定与他有关，但他并不打算从他那把办公宝座——一把有木扶手的老式温莎椅上站起身。他对警察和警察的所有工作抱有一种天生的怀疑。在他从小长大的那个乡村，偷猎被视为充满英雄气概的冒险而非犯罪，因此他早年与警察打过的交道只会让他这种厌恶感有增无减。此外，和他的许多同僚一样，他坚定而保守地支持大学的管理制度和惯例，认为大学范围内部发生的恶行就应该由学监来处理，而不应让普通城市警察插手。

"早上好，索耶。"福斯特愉快地问候，说着登上了面前这一小截通往这座至圣所的低矮石阶。警察没有称呼"先生"二字，这并非有意冒犯，但圣托马斯学院的看门狗立即注意到了这点。

"您好。"他回答，但语气并不友好。他看起来非常难以接近，一张红润丰满的脸上露出一种斯芬克斯般的表情。他的胡子是铁灰色的，可敬的索耶夫人本想用一瓶廉价的黑色染发剂使他的胡子恢复原先的黑色光泽，但被他严词拒绝了。他拿烟斗的角度也是咄咄逼人的。他压根没有起身的意思，也没有像他的院长那样客气地邀请客人坐下。他坐在那里，双手交叠放在大肚子上，眼睛直直地盯着来人，一言不发地吸着烟斗，等待警察局长继续说话。

"很抱歉给您添麻烦了，索耶先生。"门卫注意到了这个尊称，他的眼皮不由自主地动了一下。"但我是来办事的，我和我的朋友想问您几个问题。"

"先生"二字带来的片刻平静又消失了。事实上,一场风暴似乎在酝酿中。

布拉姆利是一个手段更高明的战术家。他应对各种类型、各种阶级的人的经验更加丰富——这是他职位性质的必然要求。

就在索耶转身清嗓子准备发作时,布拉姆利朝福斯特眨了眨眼睛,讨好地向索耶说道:"事实上,我们真的是来请您帮忙的。我们都知道,圣托马斯学院院长是一位非常有名的学者。但凡有涉及圣托马斯学院的事务时,我们自然都要先去找他,不然就太不礼貌、太不合规了。"

索耶先生转回身子,目光变得柔和一些。毕竟,这位警察彬彬有礼地尊重了大学的礼仪,而且门卫隐隐感觉到对方打算对自己恭维一番。但是,不能过早地表现出缓和的迹象,而且这个缓和的过程必须是渐进的。他只哼了一声。但即使是哼,也是有区别的,而这声哼并不是最粗鲁的级别——即使从牛津大学门卫的角度来看。

"恕我冒昧,索耶先生,院长毕竟是个学者,而且,他首先是个学者。而您才是一个通晓世故的人——这是必须的,这样才能担任这个职位。"

门卫很满意。他确信这话他是当之无愧的,但他觉得自己对眼前这人产生好感了——这人不仅目光如炬,看出了这点,还非常礼貌地把观察到的结果说了出来,而且是当着第三个人的面说出来的——

而这第三个人还是牛津市警察局长。他移开了烟斗,这几乎是某种象征——一个将建立友好关系的标志。或者说,某种停战协议开始生效了。"你们两位先生愿意坐下来谈吗?如果要谈的话——坐舒服了,谈起来也会更轻松。"警察们接受了这一提议,并感谢了主人的好意,在两把温莎椅上坐下——这两把没有扶手,表示它们是为普通人准备的。

"打扰到您,我非常抱歉。"布拉姆利说,"但是——"

"这不值一提,不值一提,"门卫说,语气中带着一丝和蔼可亲,"没那么忙——现在学期结束了,不过你可以说,大学里的门卫从不下班,我是说,从不真正下班。"

索耶先生胖乎乎的身形显然证明了他所说的并非真话,他本来是想暗示自己时刻等待召唤,但此时此刻,吹毛求疵的批评无助于正义的实现。

"当然,您是知道的,"布拉姆利说,他几分钟前刚刚拒绝了院长的雪茄,这时却为了维持好不容易建立的融洽关系,欣然接受了门卫的香烟,"昨晚有个歹徒企图在普莱福德博士的书房里袭击他。"索耶点头表示同意。那是一种意味不详的点头,其中似乎混杂了尊重、恐惧、怀疑、惊恐,"事实上,现在我们只想问您一件事:昨晚您是否在门房里值班,就在午夜前后不久?"

从警察的角度来看,这个开头有点尴尬。索耶先生首先发表了一段义愤填膺的言论，然后顺利进入了状态。当然，他是门卫主管，他们必须明白这一点。通常情况下，夜班由他和下手隔周轮值。但现在是假期，下手正在休假，所以索耶先生同意干双倍的活儿，因为假期里的事情自然不如学期中那么多。

但布拉姆利探长很为难。那天他还有很多事情要做，而他和福斯特的时间都很有限。他不想得罪门卫，但他真的不能把自己宝贵的时间浪费在无关紧要的事情上。他温柔地引导门卫，设法让其说到重点，而且始终围绕重点不跑偏。当时，学院里的本科生很少，只有一些获准在假期留校为某些考试做准备的人。所有这些人都必须在九点前赶回学院，但特殊情况下，他们可以获准在外面待到十点。前一天晚上，学监或院长都没有发出过这样的许可，所有人在九点前或者稍晚一点就回到学院了。索耶先生当晚一直在看小说，直到接近午夜。

九点半时，最后几个假期仍在学院工作的仆人已经离开。从九点半到门卫睡觉前这段时间，都没有人进出。大门钥匙在他的卧室里，而他卧室的门晚上总是锁上的。他被院长住所里的骚动惊醒后，便跑到那里想知道发生了什么事。他从惊慌的仆人们那里听到了消息，但他没看见到底发生了什么。他总是把大门钥匙塞在睡衣外面的大衣口袋里。值班时，无论走到哪里，他都会随身带着这把钥匙，这是他一个雷打不动的习惯。他说，还有另一道通向圣吉尔斯的门可以进入学院，但那道门没有常设门房，而且假期里几乎不开。那道门的钥匙锁在他自己卧室的一个柜子里。

面谈结束时，三个人友好得不得了。当福斯特和布拉姆利离开门房返回普莱福德博士的住处时，门卫热情地恳求他们改天再来拜访他，这番邀请纯粹基于友好的关系。

他们沿着宽街从门房走向院长寓所的前门，走了一小段路后，布拉姆利对福斯特说："我们已经确认，那个家伙，不管他是谁，昨晚并不是从正常途径离开学院的。我们要做的下一件事，就是检查餐厅。"

……

"普莱福德小姐，餐厅的三面墙没漏掉什么吧？"福斯特问道。他和布拉姆利在女孩的协助下，仔细检查了那面正对着宽街且开了窗的墙。这面墙将餐厅与大厅走廊以及壁炉那一面隔开，"开向小方院的那几扇窗户检查了吗？"

三人向那个老式飘窗走去。

"我想，自从我们去见门卫后，没有人进来过吧？"

"没有，"芭芭拉说，"在那之前也没有人进来过——因为没在这里吃早餐。"

……

窗帘仍然紧闭着，因为昨晚那件事情发生后，家里所有的事情都乱套了。"这块窗玻璃是什么时候被打破的?"布拉姆利指着靠近把手的那个嵌铅的小窗格,那个把手可以打开左边那对靠近门的窗户。

"打破?"芭芭拉惊讶地说,"昨天没有一块窗玻璃是破的,这一点我很确定。如果有,我叔叔会在所有人之前第一时间注意到这种事情,但他从来没提过这事。"

"好吧,"福斯特说,"你看,它现在肯定破了。"仔细检查后可以发现,在这块被打破的小窗格的锯齿状碎片上,有几个红褐色的斑点,可能是血迹。

福斯特和布拉姆利在餐厅里简短地商量了一番,芭芭拉则上楼通报叔叔,让他准备好警察们今天最后一次到访。对这两位警察而言,事情已经很清楚,有人——可以推断,就是昨晚闯入院长书房行凶的人——是通过餐厅窗户进出的。进一步的推论是,他是破窗而入的。因为,如果他已经在屋里,那就没必要打破把手附近的窗玻璃,并转动把手打开窗户溜进来。由于他不是以正常途径经过门房离开学院的,那他就得另寻出路。

"先生,很抱歉我们不得不麻烦您。"

院长礼貌地感谢警长履行职责时非常体贴周到。

"我想我不能问你们,但我还是想请问,是否调查到了任何有关凶手身份的线索?"

"我很抱歉,先生,"布拉姆利说,"恐怕我们和其他人一样一无所知。这是一桩极其神秘的案件,但您可以放心,先生,虽然所有的批评都指向苏格兰场,但在把每一条可能的线索调查到底之前,我们是绝不会懈怠的。"

"还有,先生,"福斯特说,"我认为,您不必担心会再次出现这样的事。我已下令夜间需对学院前门特别警戒。而且,门卫已经向我保证,他和他的人也都会密切戒备您的房子与小方院交界的那一块地方。"

主人笑着表示不用,但芭芭拉很了解他,她发现他在听完警察局长的保证后,表情中流露出了一丝宽慰。

迄今为止,牛津大学的学者们唯一引起世人注意的就是他们渊博的学识和辉煌的成就,如今,却由于某种无法解释的神秘原因,他们的生命正受到某种像恶魔般狡猾的无形力量威胁。

布拉姆利探长和同伴转身准备离开。当这位伦敦警官与脸色苍白、神情疲惫的院长握别时,他的眼睛瞥到了扶手椅脚下的一个东西。

"对不起,先生。您能告诉我这东西是哪里来的吗?当然,这可能并不重要,但我们不能放过任何东西。"

他捡起一条小小的黑色布料,大约三英寸长,最宽的地方大约一英寸宽,然后渐渐变细。它的两侧是锯齿状的,散开的。

"看起来像是学术袍的一部分,先生。"福斯特说,他比他的伦敦同僚更熟悉大学里的服饰。

"亲爱的,请检查一下我是否把长袍撕破了。"院长对他的侄女说。

女孩从门后的挂钩上取下她叔叔的长袍。袍子又旧又破,但从上到下都没有任何裂口或裂痕。

"然而,"福斯特又警觉起来,脸上流露出警察特有的又发现了蛛丝马迹的专注神情,"在我看来,它非常像是从某人的大学礼服上撕下来的。"

新的生活

最终，雷吉·克罗夫茨没有后悔登陆西非海岸。初涉这块新大陆的新鲜感让他暂时忘记了忧愁。虽说他并没有把心里的想法用语言表达出来，但当他从航运公司的驳船登岸，并开始观察周围的异国风景时，他其实明显轻松了很多。毕竟，从那天早上发来的无线电短讯来看，很显然，至少企图谋杀他未婚妻叔叔的凶手没能得逞，而且既然知道了凶手将来可能的作案动向，圣托马斯学院院长身边的人肯定会提前防备。另外，那个懒洋洋的蜥蜴库尔文最后的举动，也就是在他下船前偷拍他和德莱弗夫人，肯定是出于某种恶意，对此雷吉确信无疑。雷吉猜不出库尔文到底出于何种用意，但他认为不值得把这件事放在心上。

殖民地代理秘书派来一个黑人警察护送他步行前往目的地。途中，看着这个庞大而杂乱无章的西非小镇在眼前徐徐展开，他心想，他这一生从未见过如此古老而不真实的东西。这里聚集着用棕榈叶覆盖屋顶的木房子和土房子，上面贴着陈旧生锈的波纹铁板或煤油锡罐碎片。与其摩肩接踵的，是欧洲大公司那些自命不凡、用劣质混凝土建的商店，建在高耸的混凝土突堤上的现代化石制平房，以及巨大浮夸的政府办公室，其中一些还在建设中。

尘土飞扬的红土路两侧竖立着一排排标准的现代路灯，走在这条路上的，既有光着脚、穿着各色土制长袍的受保护国当地人，也有头戴遮阳帽、常礼帽、身穿套装、受过教育的黑人。后者穿着欧式长靴，但他们穿着靴子走路的样子很笨拙，而且显然很不舒服。这种专为欧洲凉爽气候设计的时装让这些绅士们汗流浃背。他们的女眷们，则把她们通常很丰满的身躯挤进被白人女性抛弃的别扭的紧身胸衣里，双脚则塞进巴黎最新款式的高跟鞋里。

当地司机莽撞地驾驶着现代汽车，在当地脚夫用头顶着的吊床旁来来往往。原始的牛车把镇上的垃圾运到最新式的焚化炉里。这里的确是一个原始事物与超新事物的奇怪混合体。

雷吉是殖民地代理秘书马丁少校的客人。马丁少校面色苍白而疲急,身材精瘦,四十五岁,但热带地区的工作使他看起来比实际年龄老十岁。他有个同样满面倦色的妻子,过去显然是个美人,但现在成了那种典型的苍白冷漠的西海岸白人妇女。她丈夫在仕途上惆怅不得志,他的职业生涯起步于西印度群岛(他的军衔并非来自正规军),然后在一个不太重要的岛上一步步晋升到了最高的公务职位。当有机会调任这个薪酬更好的西非职位时,他便急切地跳槽了。他与殖民地的一位前总督相处甚好,还被推举登上殖民地荣誉名单,荣膺圣米迦勒及圣乔治三等勋章,可现在新来的总督不赞成他的方法,他发现自己被束之高阁,永无晋升的机会了。他是一个视繁文缛节为生命的人,当一个人没有自己的主动权时,从尘封的秘书处档案里翻出古老先例,时刻以此为依据来衡量每一项拟议的新措施,那是多么舒服!作为老资格,他每次只需要在西非服务一年,过着轻松庸碌、没有主见的生活。他的所有看法和行动,都是基于他所认为的总督阁下会同意的路子而形成的,但他经常发现自己"错失良机"。

马丁夫人是个头脑简单的女人,她置所有合理期望于不顾,总设想有一天自己的名字前面能得个封号,凭借因她丈夫的地位而正式授予她的特权,她一门心思忙于在所有女性——不管是官太太还是平民女子中间——保持显贵地位。

她举办一些花哨廉价的派对,懒洋洋地打网球,晚上到别人举行的派对上打桥牌、跳舞。谈到这些事情，她会用她那双毫无光彩的眼睛凝视着你，语调慵懒地告诉你，她"非常喜欢"这些。

马丁夫妇没有孩子，预计到他们将在几年后退休，而养老金不足以让他们过上真正舒适的生活，他们便小心翼翼攒下从工资和公务油水中合法搜刮来的每一分钱。

雷吉正在吃上岸后的第一顿饭，因为阿帕姆号延后了卸货时间，直到午饭后才离港。雷吉觉得晚上的天气黏糊糊、热腾腾的，闷得让他喘不过气来，他真想把身穿的正式硬领礼服脱下来，把衬衫袖子卷起来。他的东道主穿着欧洲传统的黑色晚礼服，似乎并没有感到任何不适。女主人穿着一件晚礼服长裙，刚从老家出来的雷吉能一眼看出这件衣服已经过时很久了。这顿晚餐吃得有些乏味，主人家住的是三居室的混凝土平房，餐桌就设在房子的游廊上，地板是抛光混凝土的，几乎没有任何陈设。餐桌上摆设的唯一的花是海岸地区永远开放的紫红色三角梅，两旁摆着罩着绯红灯罩的蜡烛——女主人显然缺乏艺术品位。一把发霉的布风扇在头顶无精打采地来回拍打，主人一声喊，它才不自觉地猛地抽动了一下，这是因为那个拉布风扇的穿着白袍的黑人睡眼蒙眬地从梦中惊醒，并意识到自己的责任——刚才他正做梦呢，梦到在他的棚屋里有一顿丰盛的棕榈油饭等着他。

餐桌上的谈话漫无边际，毫无生机。马丁夫人懒洋洋地表达她希望知道伦敦街头穿的裙子是否变得更短了——现在最流行什么发型，是波波头呢还是有层次的短发？她的客人只好尽力满足她的好奇心。马丁少校则详细介绍了棕榈油行业的巨大前景：政府最近引进了某种有专利技术的开壳机，且在当地人中真正发展起来了。少校还向雷吉强调了他今后担任的西北省巴奥马区警察局助理局长的工作是多么崇高、多么重要。

"当然，"他说，"你将在一个非常有经验的驻地警长——菲尔丁手下工作，他目前正在休假，不过可能马上就要结束了。你的直属领导、区警察局长普雷斯科特是一个非常可靠的家伙。"

马丁太太对这个话题感到厌倦，便说："当然，克罗夫茨先生，你别忘了，在你和代理总督面谈之前，你必须在明天早上正式拜访他。不留名片，你知道的。只消把你的名字写在他的本子上。帕特里奇先生——我们都希望他将很快成为弗朗西斯·帕特里奇爵士，并成为总督——"马丁夫人总是在期待一些不可能的事情，既为别人期待，也为她丈夫期待，"他是一个非常有魅力的人。不过，"她叹了口气，继续说，"只是他初来乍到，我担心他的一些新想法对殖民地目前的情况来说有点太过创新和激进了。他妻子还没有出来。我认为，据我所知，她花了太多时间在家里陪孩子们，而不是在这里照顾她的丈夫。顺便问一下，你结婚了吗，克罗夫茨先生？"

雷吉不由羞红了脸，他结结巴巴，说不出完整的话："不……还没……马丁太太，但……"

"那你已经订婚了？"憔悴的女主人微笑着帮他解围，"很好，我想好事将近了！"

用完晚餐，他们来到游廊另一端的柳条椅上坐下，一个身穿白色袍子的赤脚男孩端来咖啡和甜露酒，另一个男孩则在桌上摆上桥牌。

"今晚，我们邀请了秘书处的一个年轻人来打桥牌，"马丁夫人说，"希望你也一起玩。"

雷吉同意了，其实他更想回到房间，脱掉衣服，在上床睡觉前泡个冷水澡。第二位客人来了，是个年纪不大的男子，却非常做作，有着一副荒唐可笑的浮夸派头，俨然一位安坐在总部办公室，躲在"殖民地秘书"头衔的缩写字母后面的年轻殖民地官员，正在给年纪大得可以当他父亲的丛林人写会议纪要。他降贵纡尊地对新来的人表示客气，游戏开始了。

雷吉桥牌打得并不熟练，他发现有许多东西需要学。别的不说，殖民地代理秘书藏牌并不需要受罚；他妻子在应该出明牌时从自己手中领牌也不算犯规。这使局面一开始就变得有点困难，但是，在助理殖民秘书诺克先生颇有风度的帮助下，雷吉开始觉得打这种新的桥牌有些得心应手了，同时在这个全然陌生的环境中也有些舒适自在了。

一般来说，英国人是适应性极强的，不管命运把他送到地球的哪个地方，他都能很快习惯。

聚会终于结束了，他并不后悔留下来。但是，他虽然很累，却发现第一次躺在热带地区一顶蚊帐下入睡并不容易。让他夜不能寐的，不仅仅是对英国老家一些事情的忧虑和恐惧，还有其他原因：闷热的感觉一开始几乎让人无法忍受，而花园里无数蟋蟀奏出奇怪的和鸣，就像把水注入一个悬空水箱的声音一样，根本无益于睡眠。

当他五点醒来时，天已经开始破晓了，西非清晨的湿气打湿了他的床单和蚊帐。

早餐后，他和东道主一起去了秘书处。在那里，穿着整洁的欧洲服装的黑人文员正忙着往秘书室的文件筐里堆放一些装腔作势的文件。

即使见识不多的人，只要仔细看看这些文件，也能发现它们并没有什么惊天动地的重要性。马丁少校在他的旋转办公椅上坐下，并示意雷吉也坐下。他摆弄着一大沓用粉色带子捆绑的文件，雷吉一不小心看到了文件标题：史密斯—J.先生：审计员问询，他是否应被收取一先令，即发送一份不必要电报的费用。

"今天早上有很多事情要做，"代理殖民秘书说道，神气十足地在面前的文件上草签了一个意见，然后转向另一份文件，上面的标题是：关于在当地购买两个供助理殖民秘书使用的废纸篓的提议。"请您稍等我一分钟,我迅速扫一下这些文件筐,看看接下来需要做什么。"

时间就这样过去了,他猛然一抬头,说道:"已经十点了,我想你最好去把你的名字登记在总督的登记簿上。"

雷吉在一名黑人办事员的带领下,离开秘书处所在的那座摇摇欲坠的建筑,前往政府大楼。他戴着太阳帽,一路上感觉头重脚轻。政府大楼是一座在过去的奴隶交易时代充当堡垒的建筑,最近翻新时增加了更富有现代风格的石头和水泥。一条红色角闪石铺成的石子路直通这座大楼,两旁生长着西非随处可见的高大木棉树,到了傍晚时分,那里是成千上万只狐蝠出没的地方。

外门内的车道环绕着明黄色的黄婵、猩红色的木槿、粉红色和洋红色的三角梅,还有大量斑驳的巴豆灌木所。气势不凡的水泥大门处,站着一个戴着红色土耳其毡帽的非洲二等兵。这位新任区警察局助理局长走过来时,他精神抖擞地持枪敬了个礼。在总督的登记簿上签完名后,雷吉被他的黑人向导领到大楼的另一个地方,在那边一个有着大窗户的凉爽房间里,坐着代理总督的现任区警察局助理局长,他是个高瘦苍白的年轻人,戴着厚厚的玳瑁边眼镜,背驼得很明显,穿着一身浅色粗布衣服。

雷吉进来时,他站起来说:"啊,我猜你是克罗夫茨?我叫伯纳姆。"

两人握手之后,他递给雷吉一支烟,并让其坐下。

"航行还顺利吧？我想总督现在已经准备好见你了。"

寒暄几句后，他敲了敲通往隔壁房间的门，进去了一会儿，走出来说："阁下马上要见你。"

代理总督没有从椅子上起身，他非常傲慢生硬地与雷吉握了握手，并叫雷吉坐下。他身材胖胖的，面色红润，大约五六十岁，一双精明的灰眼睛躲藏在夹鼻眼镜后面。他习惯于不时用左手捋捋头顶所存不多的灰白头发。弗朗西斯·帕特里奇先生是一位勤奋的公务员，他担任过政府部门里几乎所有的职务。他的仕途也始于西印度群岛，随后被调到锡兰，接着又回到西印度群岛担任一个较小岛屿的行政长官。一年前，他被任命为西非殖民地秘书，这是他有可能爬上的最高职位。迄今为止，他一直被认为是一个安全可靠的人，没什么才华，但不太可能因为提出新奇的计划而引起麻烦，但是他的意外晋升使他充满了在官场扬名的渴望。担任代理总督期间，他开始着手摆弄传统行政官员的玩物——教育部门。

新学校在殖民地和受保护国各地纷纷建起来——不过只是在纸面上。少数学校的确在建设中，有为数更少的学校已经配备了教职工，购买了一些设备，还有更少数的学校已经初步建立了学生花名册。总之，有很多可以在提交给移民办公室的年度报告里大书特书的功绩。数英里长的新公路已经开工建设，而且看起来非常壮观——不过是在草图上。当然了，在官方报告中没必要过多讨论一个事实：这些公路都没有设计切实可行的桥梁，也就是说，一条二十英里长、功能完善的真实公路，胜过几条五六十英里长、却在沼泽路段没有堤坝，每隔几英里就有一段无桥天堑的公路。

帕特里奇先生正把注意力转向政府官员的另一个爱好——农业。伟大的计划正在酝酿中，其目的是教育当地人：要论种植和处理棕榈仁，一个开明的政府远远胜过那些一辈子以此为业的人。雷吉已经从殖民地秘书那里略知一二，所以代理总督开始大谈特谈他的爱好时，他丝毫不感到惊讶。

"哎呀，克罗夫茨，"他说，"你来殖民地的时机再合适不过了。我必须承认，收入水平一直相当糟糕。当然，你知道，我们的薪水主要来自棕榈油产品。好吧，我希望短时间内，我们能够使它翻一番。"

目前的实际情况是，他说服总督订购了大量昂贵的机器，但没有足够的熟练技工来操作机器，便从欧洲高薪聘请了若干农业专家，导致他几乎将薪水减半了，但帕特里奇先生认为没有必要说明这点。

"这向来不是一件轻松的事——将来也不会。但是我将在总督的领导下，依靠我的官员队伍——你是其中之一——尽职尽责地实现这个计划。我们之前在教育部门和交通部门的工作已经为下一步工作铺好了路。你肯定已经读过上一份年度报告了吧？"

代理总督在同样的问题上滔滔不绝，很是冗长乏味，最后他祝愿这位新人在他选择的事业上取得圆满成功。雷吉告别那位区警察局助理局长，再次走进炎热的热带早晨，穿过拥挤不堪、汗流浃背、吵吵嚷嚷、讨价还价的黑人人群，穿过挤满公路的福特车和莫里斯车，去往他东道主的平房。他想，如果可以选择，他不会用牛津那熟悉而古老的灰色街道中的任何一寸，来交换所有洒满阳光的非洲海岸。

三天后，他启程前往巴奥马。他想，这一天启程并不算早，他觉得自己讨厌首都那种黏糊糊、假惺惺、半冷不热的欢欣，除非大喝一场，但酒水激发的快乐会让狂欢者在第二天感到恶心和难过。他到现在还在忙着为未来的十八个月采购物资和装备，没有时间思乡，也没有太多时间担心来自牛津令人不安的消息。每天路透社通过电缆从国内发来的电讯中也没有什么新消息。他不过是个普通人，至少目前，他被周围新鲜的景象、声音和气味吸引住了。他的目的地巴奥马距离首都只有一百多英里，离线路上最近的火车站大约有四十英里，离首都只有六十英里左右的铁路。但是，按火车时刻表，早上八点离开海岸的火车要下午一点多才能到达巴奥马，而且雷吉发现非洲西海岸的铁路时刻表并不太准。

西非的铁道本身看起来就像一个特大号儿童玩具铁轨，轨距只有两英尺四英寸。但是，空荡荡的车厢里似乎空间很大，里面有一张折叠桌，他的新仆人已经给他安装好了轻便折椅。车站里是一片难以形容的喧嚣和混乱场面，有几分像一个缩小版的维多利亚车站，但要脏乱很多。非洲的乘客可分为两类：一类是在火车发动驶出车库之前几个小时就已到达的，还有一类则姗姗来迟，直到火车发动前约一分钟才赶到，而后一类占大多数。穿着一身飒爽的欧式卡其制服的警察负责维持秩序，但他们制造的混乱和噪声比任何人都多。十分钟后，警卫总算吹响哨子、挥动旗帜了，乘客们开始疯狂地冲向火车，这一景象几乎吓坏了从未有过如此经历的人。但事实上在非洲，一切准备就绪、警卫挥舞旗帜并不意味着火车真的要开动了。在火车开动之前，当地官员还要相互恭维一番，债权人要向离开的债务人发出威胁，站台上和车厢里的男男女女还有时间相互说几句低俗的玩笑话……直到车厢猛然一阵剧烈震动，雷吉才知道火车真的出发了。

火车驶入空旷的田野前，首先要经过首都下层社区许多曲折、肮脏的街道。黑人小孩淘气而快乐地在喘息的小号火车头前玩起"最后一次穿越铁轨"的游戏。城里的工匠、珠宝商、制篓工、漂泊的伊斯兰教师、鞋匠，有的穿着破旧的欧式服装，光着脚或穿着花花绿绿的软拖鞋，有的穿着蓝色或白色的当地长袍，戴着颜色鲜艳的土耳其帽或缠着头巾，他们站在或坐在铁路沿线肮脏的茅屋门口，朝着最多一两天之内就要见面的人疯狂挥手告别，就好像那些人即将踏上危险的旅程，阔别数周。西非黑人是一种会突然爆发野性冲动的生物，要么像打了鸡血般亢奋，要么完全消沉。他们做事情从不半途而废。路边到处是用棕榈叶或波纹铁皮做屋顶、摇摇欲坠的木头棚子，有的则用从旧包装箱上拆下的木板修补屋顶。时不时从这些棚屋中闪现出一座雄伟的混凝土砖或干泥砖建筑——那是叙利亚小贩的交易场所。一个叙利亚小贩穿着肮脏的衬衫、更肮脏的鞋子和褴褛的裤子，向火车挥手告别，旁边站着他苍白丰满的闪族女人，女人怀里奶着一个苍白面色、长着丘疹的亚洲婴儿。

有一两个被称为"裁缝"——这么称呼只是出于礼貌——的非洲人，蹲在外国主顾门前的缝纫机旁，准备以匪夷所思的高价将主顾从叙利亚雇主那里买来的廉价衬衫料子和厚棉布加工成不成形、不合身的服装。英属西非每年都会吸引越来越多这种狂热的小商人，他们抵达这个国家时，除了身上穿的衣服就别无长物了。他们向同胞或是欧洲大公司（因为它们是诚实的借款人）借钱，开一个小商店，并购买少量库存。他们生活得比当地最穷的人还要肮脏邋遢，每天仅靠一点点钱为生，幸运的话，就可以在几年内积攒足够的钱回到祖国，度过衣食无忧的后半辈子。如果运气不好，他们就会到处寻找新的贷款或做小买卖的机会，直到他们的同胞再也不愿意帮衬他们，这时殖民地政府就会自掏腰包把他们遣送回国。

雷吉还注意到东西方两个敌对信仰的前哨——清真寺和教堂。清真寺是盖着茅草屋顶的圆形泥屋；教堂则是红土砖或混凝土砖的建筑，形状类似经济拮据的英国不信奉国教者的教堂，有着低劣的彩色玻璃窗和破败的独立钟楼。教堂的正面被"奠基石"牢牢挡住，这些奠基石是一块块粗制滥造的混凝土板，上面以拙劣的黑色字母镌刻着虔诚的捐赠者的名字，这些捐赠者像法利赛人一样，希望在市场上宣扬他们可疑的美德。

西非的穆罕默德信徒很少能读懂《古兰经》，也根本不介意和他的基督徒朋友或异教徒朋友一起喝酒，而且很多人没有听说过麦加。

他的基督教兄弟则通过对一夫多妻制的姑息，表明他信仰的根基是《旧约》而非《新约》。

城镇远远落在了后面，载着形形色色旅客的小火车终于驶入了旷野，那辽阔的平原远看似乎是完美的牧场，实际上却是大片大片的坚硬红土岩，上面长满了一丛丛粗糙的野草，根本无法放牧牛羊，而从一些犄角旮旯或小缝隙里长出的草却很肥美，胜过荒凉地带的所有野草。在一些条件优越的地方，有几个半裸的黄皮肤富拉族男孩，他们带领着的几头瘦牛正在尽力填饱肚子，但是大多数地方没有任何生命迹象。

火车就这样无休止地蜿蜒前行，中途停靠无数个小站，这些小站都是终点站徒劳喧嚣的缩影。在初来乍到的雷吉看来，穿着破旧廉价制服的非洲官员与兜售地摊货的小商贩因一个或半个便士争执不休，似乎更像孩子们在玩过家家，而非真正的成年人行为。

正午临近，车厢里的闷热开始变得让人难以忍受。雷吉叫他的"小男仆"送来饮料，他喝了一点温热的苏打水才感觉振作一些。下午一点，火车本该抵达目的地，但晚点了一个多小时，这时他觉得饿了，便叫了午餐。午餐包括一份昨晚做的汤，放在保温瓶里保温，还有一只瘦鸡、一份冷土豆，甜品是一盒桃子罐头，他就着一瓶廉价的德国拉格啤酒将午餐一扫而光。发动机里烧的是西非的软煤，这使他每吃喝一口就会吞进大量的油烟和沙砾。他现在每一次不舒服的体验，都会让他对所有这一切抱有的愉悦新鲜感消退一点。他开始怀疑放弃家里的舒适生活而投身于这个未知世界是否明智。他开始认为自己永远不会真正在这里安顿下来。他遇到的高级官员都努力维持这样的假象：这整件事情远比实际上更为重要，而他们是世界上举足轻重的人。但这里的实情他见得越多，就越不能肯定他们的信念是正确的。

吃完饭，他躺回到折叠躺椅上。他厌倦了盯着窗外单调的景色，这景色一成不变，而且总是被高大的象草丛和千篇一律的绿色稻田挡住，一路还零星散布着一些令人讨厌的小站。他回想起获得任命的那个晚上，当时他满怀希望和抱负，在牛津的茶室里结结巴巴地对芭芭拉表白，并告诉她自己终于有资格向她求婚了。可现在命运让他置身于这样一群人中，以他欧洲人的立场来看，这些人不过是些孩子，却多了男男女女的所有恶习。现在，反正至少有一会儿，新鲜感的咒语被打破了，在英国时和航行途中听闻的那种对许多"海岸人"的怀疑态度也开始影响他。他原先天真地以为这肯定都是夸大其词和胡说八道，但现在他开始怀疑是不是自己错了。

还有一个大问题——最大的问题——关于芭芭拉的问题。他自己也许能够忍受这块陌生且不友好的土地及其人民，但他怎么能要求——怎么能指望他要娶的这个聪明姑娘来这样一个地方，并投身于这里的生活——或许要葬身于此（这个想法让他不寒而栗）。现在她喜欢他，爱着他，对此他并不怀疑。但是，他单方面要求她做出这样的牺牲，这到底是否正确？他多么渴望再次回到牛津，在他们熟悉的某个老地方彻夜共舞——他渴望抱紧她，热情地吻上她的唇，并感受她的拥抱。一阵突如其来的嫉妒压倒了他，芭芭拉会怎样呢？现在芭芭拉处于姑妈的掌控中，他知道，她姑妈总是对他投以异样的目光。姑妈准备把她自己生命中最喜欢的东西给予芭芭拉，她有这个能力这样做，而且理由也很正当。她有能力把芭芭拉介绍给她圈子里所有有魅力、有财产的年轻人——那些人一个月的收入比他一整年有望得到的收入还要多。

好吧，继续这样胡思乱想毫无意义。两三点钟时，火车喘着粗气颠簸着驶入了终点站。因为途中火车出了一个小故障,所以比平时的延误时间更长一些。

他下了车,开始环视四周,这时有人大喊一声,他看到一个半裸的黑人头顶一个黑铁皮箱子跑下低矮的站台,身后跟着一个光脚的本地警察、一个衣衫褴褛的铁路搬运工、一个警卫,以及一大群可能根本不知道自己在追赶谁,也不知道为什么追赶的乌合之众。他的厨师跑过来,衣衫不整,气喘吁吁地喊道:"先生!先生!一个男孩偷了先生的箱子!"这时,雷吉对牛津大学的思念更加强烈了!

王室访客

就在雷吉·克罗夫茨开始探索西非官员生活的奥秘时，英国警方正在调查世界上——包括文明世界和野蛮世界——有史以来最令人费解的一桩连环凶杀案。那已经是圣托马斯学院院长被袭两天之后了。牛津市警察局局长办公室里，布拉姆利总督察和福斯特局长满脸疑惑。

"那么这个叫坦博夫斯基的家伙呢？我觉得他与这桩让普莱福德博士险些遇害的案子毫无关联，必须彻底排除对他的怀疑。我告诉过你，自从你在他家和他见面后，我就一直在监视这个家伙，这是我们所能追踪到的他后来所有行动轨迹的报告。总之，我们主要关心的是他在圣托马斯演出当晚十点到午夜这段时间的行踪。"他翻开一本袖珍日记本,"这份报告,是我根据圣埃伯教堂和天堂广场附近的值班人员提供的情报汇编的。当天第一条记录是上午十点十五分的,我的手下看到他懒洋洋地出了门,去附近的理发店刮胡子。我想,要是他能花两便士享受让别人给他刮胡子的服务,那么他手上肯定有一些玫瑰金,我们常听人这么说!"

听了福斯特开的小玩笑,布拉姆利咯咯笑了。

"我要说,"他说,"理发师要是在我拜访他的那天给他剃胡子的话,肯定会收取双倍费用!"

"这个理发师恰好是本市的布尔什维克领袖之一,"福斯特说,"我敢说,他愿意为列宁和托洛茨基同志的亲密朋友效劳,而且是免费效劳,分文不取!总之,当天我们的朋友下一步行动是什么?"

福斯特又转头看日记本:"我的警员尽量不动声色地监视理发店。坦博夫斯基直到快十一点了才出来。理发师们总是非常健谈的,当两个布尔什维克人碰到一起畅谈红色政治时,我想时间总是过得很快的。后来,那位俄国绅士直接回家了,而且很长时间没有离开。那天下午两点半,我自己也穿着便衣从他家门口路过,我可以很清楚地看到他的房间——因为没有挂窗帘,他坐在桌前哼哧哼哧写东西。那个房间撒了一地的大页书写纸,看起来就像下了一场暴风雪——这是他文学创作的成果!五点左右值班的人报告说,坦博夫斯基在五点十分的时候去了附近一家饭馆，差不多到接近六点时才离开，所以我们推测他吃了一顿正式的茶点小餐，然后他回到了住所。大约七点时，一个叫史密瑟斯的家伙来拜访他，警察知道那家伙是东牛津某处劳工俱乐部一个有名的红色成员。两人当即离开了。当然，我不能专门抽出一个人去跟踪他，我们平常的工作都没有足够人手去做。但波尔斯特德是个聪明人，他给负责这块片区的警察打了个电话，于是我们联系上了在史密瑟斯劳工俱乐部附近值班的人。果然，有两个完全符合那个左翼英国人和俄罗斯人外貌特征的人，他们在七点半左右进了那个俱乐部。坦博夫斯基似乎一直待到将近十点钟，那个叫巴德维尔的值班警察和这个俱乐部的很多成员很要好，坦博夫斯基一离开，他就和一个叫约翰逊的木匠聊起来。他了解到那里举办了一场关于社会主义或诸如此类的会议，有很多人发言，而且都非常激烈，但没有哪个人的发言比我们那位来自天堂广场的外国朋友的发言更激烈。"

"啊——接下来我们到了一个非常重要的时间点。"布拉姆利插话道。

"恐怕并非如此，"福斯特说，"十点到十一点一刻之间没有任何消息，我不能断言坦博夫斯基当时在做什么。从东牛津走到圣埃伯教堂需要四十五分钟不到的时间，但我可以说，我们的朋友在十点四十五分之前就回到了自己的房子里。没有任何证据表明他在次日早上九点之前离开过那里,就是这样。"

"我认为,这就完全洗脱了他在圣托马斯谋杀未遂案中的全部嫌疑。我也没有给你带来什么好消息。我告诉过你,我去见坦博夫斯基那天,他在地板上昏死过去,我趁机弄到了他的指纹。我把指纹送到苏格兰场去鉴定,结果发现他的指纹和巴黎警方通缉的一名俄罗斯入室盗窃犯的指纹相同,但与图古德教授被害案中那顶帽子上的指纹没有丝毫相似之处。所以当我提出要提取他的指纹时,他吓得昏死过去,这也就说得通了。这样看来,我们那套看起来行之有效的方法已经失败了,恐怕我们又得重新开始了。"

"是的……"福斯特叹息道,"这确实需要点运气。不过当时我就在想,这运气好得有点不太真实。很难想到哪个阶层会有谋杀大学教授和老师的念头,而我们这位俄国朋友对教育的总体看法以及对牛津大学的看法,似乎都很符合条件。不过……后悔无益,我们再次出发吧。"

"我并没有心灰意冷——远远没有,"布拉姆利说,"像我们警察的工作总是充满了起起落落——不过我开始觉得落的次数有些多于起了。我们终究会抓到那个家伙,不过按照目前的进度,我担心在抓到他之前会再出一条人命。我不明白怎么会有人看不出来,在牛津这个通常非常宁静的古城里,在如此短的时间里,接二连三地发生的这几桩恶行,某种意义上是互相关联的。所有受害者都同属一个阶层,两次谋杀案中的伤口有很多相似之处。幸好普莱福德博士的案子并没有发展到给我们提供新证据的程度，不过，作案动机才是最让我头疼的，我甚至猜不出来作案动机是什么。看来，我们要被迫回到那个疯子的假设了，这恐怕是我们要破解的最棘手的难题。"

"惠灵顿广场谋杀案发生之后，我就给市内所有疯人院和精神病院发送了通函，征询是否有任何监护失职的情况，但毫无结果。昨天我又发出了一封信，现在已经收到了一些回复，但没有有价值的信息：没有病人逃跑，而且所有病情轻微、假释出院的病人都会按时回来报到。我很难说有什么希望，"福斯特疲惫地说，"不过，当然了，我们不能放过任何一个机会，我们如今面临的是我见过的最棘手的一个案子。"

"在我看来，"布拉姆利说，"需要警方介入以保障人们的生命安全。"

"你的意思是，让我采取措施保护牛津大学所有大学教师的生命？"福斯特有些惊讶地问，"学期中在校的教师有数百位呢！我们的日常工作已经让我们满负荷运转了。"

"是的，"布拉姆利沉吟道，"我知道这是个常规戏法——一场该死的艰难表演。但是，如果能想到什么妙计让我们在那个家伙作案时当场抓住他，就可以永绝后患了。"

"说得轻巧。但我问你，我们该怎么做？"

"他们自己不是有一套古老的中世纪机制吗？"这位伦敦人建议道，

"对大学的事，我不像你那么在行。"

"你是说学监们吗？"福斯特脱口而出，毫不掩饰语气中的嘲笑，"这可提醒我了。"他拉开办公桌的一个抽屉，拿出一封字迹潦草的信："我今天早上才收到巴恩斯先生的信，他是圣安东尼学院的教师，大概是在大学里教法律。他上学期被选为高级学监，但还没来得及大展拳脚。他也是个业余侦探，比夏洛克·福尔摩斯、赫尔克里·波洛那帮人都要厉害。他的理念是，不懂得用心理学、抑制理论和他那套玩意儿办案的侦探都不值得他付钱。他说他想出了一个计策，如果我们听他的，那么几乎就可以抓到凶手，我们需要在下学期开始前和他谈一下吗？"

"天哪！"总督察瞪圆了眼睛说，"原来你们在乡下也有怪人要对付啊！"

布拉姆利和伦敦的同事自认为与这位地方警察之间横亘着一条鸿沟，尽管他平时尽力掩饰，不想伤害他朋友的感受，但偶尔也会不经意间流露出来。"你打算在他身上浪费时间吗？"他的话中带有几分毫不掩饰的蔑视。

"你这样说有些不公平，"福斯特有点生气地说，"这些大学教师并不像某些人以为的那样，都是些傻子。事实上，我认识很多大学老师，他们都很有常识。"他这话给人的印象是，学术界的大多数人都是一群无害的疯子。古老的城市和学术幽灵已经日渐衰落，在牛津街头不太可能会再发生像圣修士节那样血腥骚乱的事情了。但有些时候,它会偶尔在某些派对上露出些许苗头。

"唔,你最了解你自己的工作。如果你认为值得见一面,那么我也表示同意,反正没什么坏处——如果你能抽出时间的话。但我要说,根据我对骗子的总体经验,你能从这位博学的先生那里获得的有实际价值的信息会很少。"

一阵敲门声响起,两人停止了对这个问题的进一步讨论。

"有两位女士要见您,先生。"警长说着,拿出两张名片。警察局长仔细看了看这两张名片,上面印着花哨的罗马字母。第一张名片上印着"雷吉娜·孔蒂夫人",下面括号里标注"公主"二字;第二张印着"米亚塔·孔蒂夫人",但没有皇室头衔。两张名片上印着同一个地址——圣约翰街。

"她们到底是谁,想要什么?"

"那两人都像黑桃 A 一样黑,先生。我这几个月经常在镇上看到她们,是去年十月以外国人身份登记的。我不太懂她们的外国话,不过她们都很激动,一直嚷着什么'保护'。"

"但你自己为什么不能和她们谈?"福斯特有些恼怒,"你不知道我和总督察在忙吗?"

"是的,先生,我已经和她们说过了,"这位巡佐说,"但没有用,她们说一定要见你,而且一副要哭的样子,我想最好迁就一下她们。她们中的一个人叫你'最棒的大警察',另一个人叫你'大大警长'。"布拉姆利咧嘴笑了。

"别管我,"他说,"我可不希望有人说我试图妨碍牛津市警察局长保护落难的外国女子。"

"请她们进来吧,"福斯特没好气地对巡佐说,"我很想知道,接下来等待我们的是什么。"巡佐出去请那两人进来时,他对布拉姆利说。

"事情越来越奇怪了。"总督察引用了《爱丽丝梦游仙境》中的话。

门又开了,两个女子被领进来。第一位是圣米迦勒学期开学时在圣安东尼学院门口被拒的那个丰满黑女郎,她在圣约翰街的寓所住了几个月,但丝毫没有消瘦的迹象,这极有力地证明了英国美食让人长肉。她身材魁梧,一顶"风流寡妇"式样的白色大草帽遮住了她厚重的头发,帽子上装饰的白色鸵鸟毛足以令圣诞童话剧里男主角的帽子增色不少。她身上的浅蓝色丝绸连衣裙像海浪一样随着她丰满的胸部曲线波澜起伏,让这两个欧洲警察看得眼花缭乱。她粗壮黝黑的脖子上戴着一串巨大的珍珠项链,这些珍珠从未见过海床,与卑微的牡蛎也没有关系。她耳垂上挂着像巴西坚果一样大的金色珠子,丰满的手臂上套着白色的小山羊皮长手套,手上还拿着一把鲜红的丝绸遮阳伞。她从一个紫色皮革大化妆包的底部掏出一块色彩斑驳的丝手帕,然后用手帕盖住脸，使劲地抽了几下鼻子，显然是歇斯底里的泪水即将泛滥的前兆。

她的同伴没有她那么引人注目——但更有吸引力。她身材娇小、苗条，鼻子和嘴唇没有一般非洲女子那么厚。她依照当地习惯戴着一条深蓝色丝绸头巾，耳朵上戴着一对低调的银丝耳环，纤细的脖子上戴着一条细细的金色项链，配着一个简单的金色新型吊坠。她穿着叫作"布巴"的深靛蓝色无袖宽松上衣，搭配"拉帕"裹裙，与上衣色系相同，但色调略浅，点缀着白色色块。这两位女士都穿着漂亮的欧式鞋子和袜子。

福斯特向布拉姆利眨了眨眼睛。

"请坐。"他对女士们说。总督察先生则彬彬有礼地把两把椅子推过去。

"请问我能帮你们做什么？"局长先生用安抚的语气问道。

"我的先生！我的先生！"丰满的"公主"痛苦万分地说，"我们害怕，我们太害怕了！"在不那么痛苦的时候，她可以讲完美的英语——或接近完美的英语。但她现在心烦意乱，便像她的族人一样，在激动时恢复了海岸祖先的洋泾浜英语。"那些可怕的、可怕的谋杀案！我们晚上睡不着，担心那个恶人也会来杀我们！"她的手帕马上被泪水浸透了，"我和我妹妹——我们在这个国家人生地不熟的。在我们的国家，如果有人像这样被谋杀，酋长就会派很多人来保护我们，我们就不会死。

但是在这里——在牛津——没有人保护我们,没有!"她转向她的妹妹寻求配合。

"先生!先生!"孔蒂的二夫人用更尖厉的声音喊道,"夫人说的是真的。整晚——我们整晚都在房间里走来走去,根本睡不着!我们太害怕了!"

说罢,两人奏起了催人泪下的二重唱,两位警长面面相觑,束手无策。不过,他们最终总算设法使这对落难的姐妹恢复了理智。

"听着,女士们,"福斯特安抚地说,"这些事情非常可怕——当然非常吓人。"

"啊,先生!你说的是真的——是真的。"身材魁梧的孔蒂大夫人说道,她像鼓掌似的拍着两手,并洞悉一切似的点着头。

"主啊!主啊!"年纪较小的女子插嘴道,"再没有比这可怕的事了——最坏的事!"

"但是,"当两位贵客的抽泣和惊呼稍稍平息一些时,警长平静地继续说下去,"我认为你们两位女士没必要自己吓自己。处于危险之中的不是像你们这样的女士,而是大学的教授和教员们,而且即使对于他们而言,我想再也不会有什么危险了。你们的丈夫没有采取任何措施保护你们吗?"他又瞥了一眼那两张名片,"我看你们都结婚了。"

接下来是一番对一夫多妻制长篇大论的解释,因为警察局长不知道这两位女士的合法丈夫是同一个人。福斯特和布拉姆利花了很长时间才弄清一个事实：这两位女士是瞒着塞普蒂默斯·孔蒂先生来向警察局长寻求保护的。至于孔蒂先生，他满心期待着在名字后面加上"学士"二字的荣耀时刻，那时他将穿上耀眼的白色兔皮和气派的学士长袍，春风得意地荣归丛林故乡。但警察局长了解到，这个幸福的时刻不可能很快降临。孔蒂很担心，如果他的酋长父亲听说他的妻子们在遥远的异国他乡所经历的苦难，并认为儿子的生命也处于危险中，就会提前切断供给，他们三人就会在他实现人生的伟大抱负之前被迫回非洲。

警察局长先生最终承诺，他会特别盼咐圣约翰巡逻队的人经过她们的住所时特别留意。非洲人的不安来得快，去得也快，于是两位乌黑的女士咧开嘴露出无比幸福的笑容，手挽着手离开了警察局长的办公室。

"上帝保佑你，先生！谢谢你，谢谢你，先生，太感谢了！"她们走到通往街道的走廊时，大喊道。

"真爱之路"

圣托马斯学院院长被袭事件在公众中引发的关注逐渐降温，人们对惠灵顿广场谋杀案和图尔街谋杀案的讨论也随之趋于冷淡——不过，大多数人仍然认为它们是一起连环谋杀案。几家不太有辨别力的周末报纸着重报道了一帮怪人、笨蛋、骗子和其他渴求得到一点廉价宣传的人所做的"忏悔"。有一帮人，在事情发生很久以后，他们突然记起了案发前一晚或后一晚某些人的奇怪举动；还有一些向警察报告的人满怀信心地称，一些被认为与那两桩谋杀案及普莱福德博士谋杀未遂案有关联的人，差不多同一时间被人在牛津、剑桥、伦敦、多佛、巴黎、孟买、横滨和纽约等地发现。

在凶手施行第三次暴行之后,这类故事的数量与日俱增。一开始,布拉姆利(他肯定是被派来协助牛津警方进行调查的)听到其中一些故事时会微微一笑,但是经过几个星期徒劳的搜查后,这种故事带来的消遣已经消耗殆尽,在他没有正式值班时,仅仅提起这几桩凶案也会让他没好气。

像往常一样,大大小小、观点各异的杂志上频频登载抨击警方及其调查手段的文章。这类宣泄照例几乎毫无亮点,没有任何建设性批评意见。泼脏水、恶意中伤是很容易的,但是,假如有人愿意费点心思,稍稍深入了解这件事,就会发现,要找到这三个案子中无论哪个案子的调查突破口都有困难。

图古德教授生前是牛津大学最受欢迎的人之一,他是一位才华横溢、善于启发学生的教师——他对自己学科的清晰阐述,帮助许多在学院可能只能拿二等成绩的学生最终拿到了一等成绩。他生就一副乐善好施的慈悲心肠,即使在他最拮据时,只要是对他生活并热爱的这座城市有意义的事情,他都会慷慨解囊。很少有人能像图古德教授那样,私生活能经得起无情的审视而不暴露出一些令人羞愧的小事或瞬间。他婚姻幸福,有一个忠诚的妻子,他妻子不仅是他所在领域的大师,也是一位乐于帮助他的贤内助。这个男人总是希望能利用他的知识储备去帮助他人,不仅如此,只要有人向他倾诉生活的艰难和困苦,他就会毫不犹豫地倾囊相助,真是难以想象竟然有人要谋杀他。

凶手作案的手段也异常残忍。就在警察于惠灵顿广场花园发现教授的尸体之前几个小时,他刚和一位相识已久的朋友愉快地吃完晚餐,开开心心、无忧无虑地走在回家的路上。根据目击者提供的线索,从他在小克拉伦登街拐角处与芭芭拉和雷吉偶遇并恭贺这对才子佳人订立婚约,到他遭受那致命一击,中间不过几分钟,而谋杀案发生的地点也不同寻常。在整个牛津大学,惠灵顿广场是最不可能有强盗和刺客出没的地方。即使在牛津这样一个整体备受尊敬的城市里,惠灵顿广场的地位也是非常崇高的。

凶案本身的情节也同样非同寻常。图古德教授竟然被人谋害,这本身就令人惊讶,而谋杀他的手段异常残忍,更是不可思议。医生的证据表明,这桩凶案的残忍性质更胜于一般的故意杀人案,因为海伍德医生非常肯定,教授的死因是某种沉重钝器的击打造成的脑部剧烈震荡,既然凶手通过这种方式达到了他的野蛮目的,为什么还要在教授死后试图用锐器钻透头骨,造成进一步伤害?唯一似乎合理的解释是,这场悲剧是某个杀人狂的嗜血欲望所致。

第二起谋杀案,也就是好人缘的小个子法语高级讲师布瓦萨尔先生被害的案子,同样给警察提出了类似的难题。坏心眼的巴恩斯仅凭布瓦萨尔先生出生于巴黎一事,便捏造出"此案与某个女人有关"的荒唐理论，听说的人无不嗤之以鼻。无论他对布瓦萨尔先生的生前事如何深挖细究，都无法为这种荒谬的怀疑提供丝毫证据。在最严守教规、苦行禁欲的英国牧师中，也很少有人能在道德上比这位快活、聪明的法语教师更清白。然而，由于某种神秘原因，他也招致了某个嗜血杀人狂的仇恨，最终在牛津大学城中心的大街上惨遭毒手，而惨案发生前几分钟，他刚从牛津大学一所最沉稳持重的学院的高级公共休息室里出来，参加完在那里举行的一场欢快且极其体面的聚会。布瓦萨尔先生被谋杀的手段之残忍，不亚于图古德教授被害案：同样的，在造成受害者死亡的那致命一击之后，凶手又毫不犹豫地进一步毁坏那具可怜的、毫无生命迹象的尸体。

在可敬的圣托马斯学院院长于自家书房遇袭一案中，似乎毫无疑问的一点是，这个看不见的入侵者打算以如此暴力而又如此懦弱的方式来杀死院长。普莱福德博士和侄女都认为，要不是因为院长身边那个旋转书架顶部堆得乱七八糟的书突然倒塌并发出巨响，恐怕凶手这次谋杀就要得逞了。书本撞击地面的声音太大，凶手担心吵醒了院长的家人，也担心在他的目标完全实现之前自己被人发现，于是仓皇溜走，而他谋杀这位学者的动机同样是个问题。这个谜团与图古德教授案、布瓦萨尔先生案一样，都是难以解开的。

迄今为止，这三个人唯一引起世人注意的特点，就是他们在学术和学问方面都有着杰出的声望。很少有人能问心无愧地宣称自己在世上没有一个敌人，但敌意和仇恨在程度上相差甚远。在这六个月里，这三人都遭到了同一个不明身份的凶手的毒手，而这三个人都是出了名的人缘好。

福斯特和他的新搭档布拉姆利都很容易理解在图古德教授案和布瓦萨尔先生案中凶手为何能轻易逃脱。在这两个罪案中，犯罪行为都是在公共场合实施的，一旦得手，且未被当场发现，凶手就能轻而易举逃离现场，这并不难想象。这两个案子的时间和地点都是经过精心选择的，都发生在僻静昏暗的地方和很少有人出没的时间。一旦凶手达到了目的，且没有被任何人看到，就可以悄无声息地迅速逃离。

但在圣托马斯学院院长遇袭案中，情况则大不一样了。据了解，歹徒在动手前两小时就已经从前门潜入屋子。他显然是通过那扇落地窗跳到了那个小方院里，以逃避瑞思利普勋爵和普莱福德小姐的搜查，他知道他们肯定至少看到了他。饭厅的窗户肯定是被人从外面打开的，这一事实似乎表明，袭击院长的凶手一直藏身于学院里三个小方院中某个秘密角落里，直到他确信仆人们已经上床睡觉，才通过某个最薄弱的点撬开窗户——因为晚上那扇窗户是被锁上的——并毫无顾忌地长驱直入。

幸好他这次谋杀失败了。事情败露后，他从学院逃离并不是十分困难。一天早上,布拉姆利和福斯特在圣托马斯学院的三个方院里转了一圈。

"你看,"布拉姆利对福斯特说,"单在这个小方院里就有不下六个楼梯,每个楼梯都通向三个平台,每个平台至少通向一个套房,有些通往两个甚至更多。每个楼梯下面还有壁橱,而且数量不一。"

"是的,"警察局长说,"那是校工们放置扫帚、平底锅,以及他们主人的水壶和炖锅等物件的地方。放假期间学院里几乎没什么人,所以如果有人躲在里面,特别是在晚上,那么几乎没人会发现他。"

"我注意到有些房间甚至都没上锁。我们的朋友索耶先生——那个门卫,他告诉我,总之校工们在假期里不太注意锁门,因为在任何时候,学院里都很少发生偷窃行为。不过,我自己应该更小心一些,毕竟我是一名警察!"

"这些学院的人都很松懈,我知道的。即使现在的牛津——我是指大学——也有点跟不上时代。"

公事公办的福斯特语气中流露出几分不可抑制的轻蔑意味,他也有理由对牛津大学的保守主义进行一番批评。有一次他不得不与大学"警察"合作,学监系统的中世纪式低效率(他是这么定义的)令他大开眼界。那天,他把深思熟虑后制定的一个计划向高级学监提出,但没有得到任何友好的回应。他的想法是请大学雇佣一批训练有素的警察作为大学侦探，伪装成大学教师、本科生或是校工混入校园，见机行事——必要时出示警方证件并证明自己的身份——这个提议让对方惊恐不已。

而牛津大学的古老惯例，则是让一个对警察职责一无所知的大学教师穿上学术袍，戴上学术帽和大律师的白色饰带，在两个未经训练的便衣警察（也就是大学警察）的陪同下，每晚在奇怪的时间和地点，在牛津大学的街道上巡逻，企图抓住几个在公共酒吧喝私酒的大学生。警察局长尽力申辩沿袭这个惯例是徒劳之举，他认为，当牛津大学还是一个乡下小镇，且大学里的教师屈指可数的时候，这种制度非常有效，它可以很好地适应中世纪城镇中人迹罕至、狭窄阴暗的小巷和小院。但现代社会中的牛津已经是一个拥有大量工商业人口的城市，牛津大学与过去相比在各方面都发生了空前绝后的发展，再沿用这样的制度简直荒唐可笑，但他的申辩失败了。

但现在不是让警察局长发牢骚的时候。

"好吧，"布拉姆利说，"我看我们在这里只是浪费时间，门卫不能提供任何帮助。他很肯定，从半夜他被院长家的骚动惊醒，到早上六点半他打开大门让第一个值班的校工进来，这期间没人能通过正常方式离开学院。他说，六点半大门就开了，任何人都可以畅行无阻，因为牛津大学的建筑向所有想要来参观的人开放，只不过他们不能上楼进入任何私人房间。我检查了所有窗户——而且非常仔细,我发现窗户外面都围着厚重的铁栅栏,栅栏上没有任何被撬的迹象,但是事发当晚这些房间的门都没有上锁。"

"当然了,"两人走回警察局时,福斯特说,"索耶,或者任何顶替他在门房里值班的人,都不会去留意每一个进出的人。正常情况下,这样做既没有必要也不可能。"

"没错。"布拉姆利回答说,"就我目前观察到的情况来看,那个狡猾的家伙谋杀老院长失败后,就藏身于学院的某个地方。然后,等到早上的某个时候——也许是其他人也要出门的时候——神不知鬼不觉地混出去了。"

他们回到警察局,又在局长办公室坐了下来。

"有一个可能,"福斯特说,"这家伙的外表非常普通,毫不起眼。在牛津大学,要想显得特别不起眼,就要看起来像是大学里的一员——不管实际上是不是。"

"你的意思是?"布拉姆利饶有兴趣地问。因为福斯特说最后一句话的时候显得神采奕奕,他很久没有这样高兴了。

"我的意思是,"他意味深长地说,"我开始明白那块神秘的黑袍碎片应该拼到什么地方了。"

叔叔遭袭的事情令芭芭拉大受惊吓。雷吉后来寄来的几封信里不断提到对院长安危的担忧，但在此事发生之前，她一直未能真正领会这种忧虑，但现在她开始强烈地感觉到，某种不可思议、神秘离奇的邪恶力量正威胁着一个颇有名望的阶层，而这个阶层在此之前可以享受免遭暴力犯罪困扰的优待。

即使是在一个普遍平易近人、没有真正敌人的阶层，圣托马斯学院院长也是出了名的仁慈和善，那么谋杀他的动机会是什么呢？图古德教授和布瓦萨尔先生同样诚实正直、可敬可爱。然而，在短短六个月里，这三位杰出人才却相继遭到某个怀恨在心的神秘凶手的毒手，这一切都显得神秘莫测。事实上，英国上下其他有思想的人都和她一样困惑、担忧，但这丝毫无助于抚慰她那颗不安的心。这一切是如此可怕。

芭芭拉的叔叔拒绝离开牛津，哪怕几天也不行，在写完手头这个深奥的章节之前，他是不会走的，因此芭芭拉决定陪着叔叔待在牛津。她觉得，不管他愿不愿意，他可能仍然是某个潜藏的、未知的凶手的目标，她宁愿留在他身边，守望他的安全。

自那两名警察登门调查以来，已经过去了将近一个月。她听说布拉姆利已经回到了伦敦。分别得越久，雷吉的信就写得越长、越深情款款，信上写的都是他对新国度、新生活的有趣描述。在她看来，现在这一点很清楚：她怀疑雷吉和船上那个女人调情，是她过于担心了。

而且，无论如何，瑞斯利普勋爵因其愚蠢的冲动和冒失的热情，以及别有用心的疯狂调情，被她排除在了追求者的行列之外——反正在她看来勋爵是不理性的。嫉妒的痛苦逐渐减弱，而她对叔叔的担忧开始与日俱增。

炎炎七月行将结束，在一个美好的傍晚，芭芭拉坐在花园里，憧憬着雷吉在出国十八个月之后赶回来和她结婚时的幸福时光。她好心的姑妈每周都会寄来一份《西非报》，都是有关"海岸"的消息，肖特威斯夫人说这会让她想起雷吉。最新一期的报纸是那天下午寄来的，她计划晚饭后在这个宁静的夏日傍晚到花园里好好读读，而院长则继续写完那一章的最后几页。

她打开报纸，像往常一样首先翻到中间的三四页图片。有一张照片的标题是："即将在爱德华兹维尔登岸的阿帕姆号乘客。"

她仔细一看，脸色立刻变得煞白，心开始怦怦直跳。照片中央赫然站立着雷吉·克罗夫茨熟悉的身影——在众目睽睽之下，他正弯着腰，显然要去吻一个站在他面前仰望着他的脸的女人。芭芭拉本能地知道，那个女人就是德莱弗夫人。

波特牧场凶案

悠长的假期——的确非常悠长——终于接近尾声了。牛津的站台又一次堆满了行李，俨然一副运输公司仓库的模样。人们在一堆堆提前送来的本科生行李之间穿行，去寻找自己的火车。朴素的木箱或破旧的帆布箱的主人是不隶属于任何学院的学生，崭新的牛皮旅行箱则属于来自伊顿公学、温彻斯特公学、哈罗公学的莫德林学院和基督教堂学院的新生，它们非常民主地堆挤在一起。

几十个衣衫褴褛、蓬头垢面的男子从长达四个月的夏眠中苏醒过来，扯着沙哑的嗓门吵吵嚷嚷，竞相争夺以高价把新生的行李箱从车站运到学院的好生意。出租汽车、四轮马车、双座双轮马车又开始忙忙碌碌地往返奔波于火车站与牛津大学的宿舍和各学院之间。

这个学期的新生有着不同的名字，长着不同的面孔，除此之外，这幅场面和上学期塞普蒂默斯·孔蒂报到那晚的场面没什么真正区别，那时，孔蒂带着两个妻子乘坐古老的马车来到圣安东尼学院大门口，却被门房告知，已分配学院宿舍的已婚学生必须住校，过独身生活。孔蒂现在是二年级学生，他决定在接下来几年永久性地搬离学院宿舍，和两个妻子一起住在圣约翰的房子里，这件事情也已经得到了圣安东尼学院院长的许可。尽管雷吉娜和米亚塔因为得到警察局长的承诺而稍稍安心一些，但她们还是强烈要求她们共同的丈夫回来同住，给她们提供额外保护，他最后不得不让步。二夫人的说服力绝非微不足道，但相比大夫人的强烈要求，她的话就显得苍白无力了。黑人学生孔蒂整个假期都留在牛津，他拼命学习学科知识，以确保在即将到来的十二月通过第一次学科考试。事实证明，对于他的私人家庭教师——瑙伦园的戴先生来说，孔蒂就是一座名副其实的小金矿，戴先生很乐意牺牲自己短暂的暑假以换取丰厚酬金，这样他和妻子就可以在冬季到瑞士过一把冰雪运动的瘾了。

孔蒂自己则忧心忡忡，听他父亲来信的口气，他可以肯定：除非他现在成功翻越通往获得普通学士学位之路上的第一个路障，否则他将不得不在学期结束时回到非洲的家中。现在，老酋长因为担心儿子和媳妇的人身安全，更是坚持让他回去。孔蒂清楚地知道，避免这最后灾难的唯一方法就是安全通过考试。这也是唯一有效的两全之计，既可以减轻老酋长对儿子生命安全的担忧，同时也可宽慰他对内库损耗的焦虑。因为他送儿子到牛津上学的费用大部分来自他向族人非法强征的苛捐杂税，税赋种类和额度都超过了政府的允许范围。尽管黑人逆来顺受，习惯了长期被压迫，但容忍也是有限的，如果当地人对酋长的压迫有理有据地提出严正诉讼，以警察局长普雷斯科特先生对于这类问题一贯的较真态度，不免会对酋长展开调查，并有可能将其废黜。

巴恩斯先生已经以饱满的热情开始履行他的学监职责，他花了大量时间起草大学警察体系的改革建议。但他的那些改革建议简直太过颠覆，古老的大学议会成员根本不可能予以认真考虑。圣托马斯学院院长遇袭事件已经过去了三个多月，大学当局和警察局长完全有理由相信，这桩始于去年十二月惠灵顿广场花园谋杀案的神秘恐怖事件终于画上句号了。在有人找到理由质疑持这种观点的人的智慧之前，这个学期已经结束了。

……

霍勒斯·莫蒂默先生并不是一个有杰出成就的人，但是，他作为普通学位考试的综合辅导教师，以及荣誉学位个别科目的辅导教师，算是小有名气。他在牛津大学某个规模较小且不太出名的学院就读时曾是奖学金获得者，凭借艰辛努力和一个对无足轻重的琐屑细节不厌其烦的大脑，他以三等荣誉成绩成功通过了第一次学科考试，并在西洋古典学学科大考中获得了类似成绩。他父亲是英格兰中部某地一个默默无闻的神职人员，在他获得学位不久后就去世了，留给他一小笔财产，年成好的时候能有一百五十英镑的收入，年成差的时候也有一百英镑。霍勒斯是个坚定的单身汉，他非常喜欢牛津大学那种轻松、舒适、无忧无虑的生活。毕业后，他决定继续住在彭布罗克街的老房子，以做校外辅导教师谋生。因为他知道，以他的学位等级，要在大学的某个学院谋得正式的教职是毫无希望的，但他一直很受本科生欢迎。所以，当他在门上挂出铜制招牌，并在牛津大学学报专栏上登出一则详尽而体面的招生广告后不久，学生们就纷纷找上门来了。

一年又一年过去，学生越来越多，在他步入中年时，他已经拥有一笔丰厚的积蓄，至少足以让他舒适安逸地度过晚年。

他针对牛津大学的学生最常考的几门科目编写了一些备考辅导资料和"考试笔记"，由当地出版商以不起眼的平装小开本的形式印刷发行，但销路很好，带来的丰厚版税也不容小觑。一个本科生如果完全掌握了他为牛津大学《圣经》考试编写的小册子——《〈圣经〉考试通关宝典：第一次公开考试学生指导用书》里的内容——完全掌握只需一周时间——就可以胸有成竹地走进口试考场,坐在铺着绿色台面呢的长桌前,沉着应对对面考官的提问,而不用担心白白浪费一个几尼的考试费。传言有些人说,他的《两周掌握普通学位逻辑学》实在是太灵了,他们宁可按着这本书宣誓,也不愿按着《圣经》宣誓。

莫蒂默先生的生活也许并不多姿多彩,但无疑是安逸舒适、无忧无虑的。他不是一个野心勃勃的人,目前的生活于他而言就是最幸福的了。

他还有幸成为牛津大学辩论社里的一个"大人物",辩论社的吸烟室里有一把大扶手椅,在学期中的每个星期一、星期三和星期五的下午三点至六点,这把椅子都是专属于他的宝座。这些时间段里,他非常坚定地主张对这个座位的权利,知道他这个习惯的人里很少有人想过要和他争夺。要是哪个新来的胆敢在向来属于莫蒂默先生的时间段里占据这个宝座,就会很快为自己的大胆而后悔,因为这位老教师有一副高亢而尖锐的嗓门,如果他的情感受到伤害,他的习惯被践踏,"保持安静"的规则就根本震慑不了他。很快,那个新来的就会红着脸结结巴巴地道歉,莫蒂默先生则会立刻坐回他的宝座,顺便把从书刊架上扯来的五张晚报塞在屁股底下充当坐垫,然后开始匆匆翻阅第六张报纸。

每个星期二、星期四和星期六的下午四点到六点,他都会雷打不动地去散步，不论春夏秋冬，风雨无阻。他散步的路线经常改变，但他这个习惯从不改变。四点钟，他准时离开在彭布罗克街的住所，无论最终是向左转还是向右转，他都会抬起头，花几秒钟时间专注地欣赏克里斯托弗·雷恩设计的那座壮丽的老汤姆塔，从这个角度看，汤姆塔正位于圣德奥教堂上方。第一次见到他的人，都觉得他是一个外表奇特甚至相当可笑的人。他总是戴着一顶礼帽——岁月的洗礼使这顶黑礼帽变得有些发绿，帽檐很宽，布满灰尘。他的眼镜框架是钢制的，镜片周围一圈已经生锈了。他的脸掩藏在乱糟糟缠绕在一起的胡子里，几乎难以辨认。他脖子上胡乱围着一条曾经几乎是纯白的羊毛围巾；上身穿着一件黑色短大衣，手肘处已经磨损；下身穿一条肥大无形的灯笼裤，颜色是难以形容的灰色；脚上穿着同色的袜子，配一双又大又重、满是补丁的老式黑色行军靴。

那是十一月底一个星期二下午，莫蒂默先生准时走出他的住所，一分不早，一分不晚。他像往常一样抬头仰望汤姆塔，同时往一个旧得开裂、熏得发黑的石楠木大烟斗里胡乱地填塞厚厚的粗切烟丝。他点燃烟斗，极为享受地深吸一口，浓浓的蓝色刺鼻烟雾在他周围的空气中氤氲开来。他握住那根粗大的弯柄手杖，迅速朝着圣德奥教堂走去。他的步伐矫健轻快，显得似乎与他笨拙的大块头身材不太相称。他径直走过谷物交易所，穿过圣吉尔斯后笔直前行，上了圣约翰路，圣约翰路一路通往河上游，中途分出一条岔道，就是伍德斯托克路。很显然，他下午的目的地是歌德斯托，或是穿过田野朝博特利方向走去。

……

顶着冬季凛冽的寒风在乡野长途漫步之后，再沿着通往巴布洛克海特的拉纤道，来到歌德斯托那家老"鳟鱼"酒馆舒适的客厅里小酌一番，那就非常惬意了。老"鳟鱼"酒馆临河而建，遥望河对岸的农场建筑——那里曾坐落着美人罗莎蒙德的隐宫，不论她真实的一生是多么平淡无奇，在英格兰历史上她都是一个富有浪漫色彩，甚至有些超凡脱俗的传奇人物。来自巴利奥学院的彼得·内勒和赫特福德学院的约翰·卡里虽然都是历史系的学生，但在这个冬天的傍晚，他们想的并不是美人罗莎蒙德和她那不幸的一生。

"我提议我们要半打热的黄油圆烤饼，"内勒说着，满足地在一把古老的木椅上坐下，"再来半打美味的热凤尾鱼吐司，老伙计。"他的同伴一边说，一边站在壁炉前对着熊熊燃烧的欢快火焰搓着双手。

他们都是典型的本科二年级学生。"吃完吐司和圆烤饼之后，我想我们或许可以再来点蛋糕和糕饼，我们现在不在训练期。"内勒说着，点燃了烟斗。

他的建议被采纳了，两人点好了餐。在寒风中沿河长途徒步后，茶和点心要比平时更美味一些。在这家历史悠久的酒馆的这个舒适的老房间里,他俩尽情享受美餐和休息,几乎没有注意到时间正悄悄流逝,他们边吃边抽烟,心满意足地聊着。

"天啊!"卡里突然瞥了一眼手表,惊呼道。他站起身,伸了伸腿,"你知道现在几点了吗?已经过了五点半!我六点得去找老哈金斯,听他痛批我那篇论述'司徒拔'宪法的精彩文章。"

"现在河边已经一片漆黑了。"卡里说。

"我们最好赶紧出发。"

两人结好账,懊悔地离开了这家老酒馆。他们在酒馆里把身子烤得暖烘烘的,这使得他们在沿着泥泞的拉纤道走回牛津的路上不至于冷得无法忍受。下午起了寒风,刮在脸上冷得刺骨,脚下的小路湿滑不堪,卡里和内勒只想着赶快回去。在巴利奥学院温暖的房间里,在熊熊燃烧的壁炉前面,就算是听导师迂腐无趣地痛批自己对于"司徒拔"及其宪法的最高深见解,也好过在这十一月的寒风和黑暗中沿着河边泥泞湿滑的拉纤道长途跋涉。

"假设有一天晚上,一个独行客走在河边,一脚踩在这该死的坑里,滑落到河里淹死了……"内勒说。他刚刚踩到堤岸的一个缺口,差点滑到涨水的河里,幸好他的朋友及时相助,他才幸免于难。堤岸的缺口是河水侵蚀造成的,已经多年没有修补了。

"假设他真的淹死了,"他的朋友回复,"那么明天早上,天堂里——

或是别的什么地方，会多一张新的面孔，可能很久以后人们才会发现他的尸体。"

"说到死亡，"内勒说，"我想它并不像很多人说的那样糟糕。在我看来，死亡最终并没有什么意义。如果有来生，那就再好不过了。如果没有，死就像一场漫长无梦的睡眠。"

"这个说法并不新鲜，"卡里说，"你还记得那个写《申辩》的老顽固苏格拉底，他被迫饮鸩自杀之前发表的言论吗？"

"记得，"内勒说，"事实上，这也是我想到的。他叫同伴追忆那些记忆中最愉快的夜晚——不是那些做美梦或噩梦的夜晚，而是那些平静无梦的夜晚。"

"哦，"卡里说，"我敢说就是这样。总之，我不怕死——无论我自己还是其他人的死，该来的总会来。"

"我们是在愉快地聊天吗？"内勒笑了。

他是战后的一代，他和他的朋友都还没有近距离接触过死亡，但他们都觉得自己很有智慧，而且有着年轻人特有的达观。他们开始吹起口哨，吹的是一首最新的舞曲。

他们从一条柳树成荫的小路走出来，这条路从老船主的驳船停泊处一直通向圣约翰路尽头的铁路桥。内勒在踏上那条通往波特牧场大门和自留地的路上停留了一两秒钟。

"听到什么了吗？"他悄悄地说。

卡里也突然停下来。内勒朝牧场大门的方向看过去，这两个年轻人静静地站着，侧耳倾听。不久，他们听到了一个低沉微弱的呻吟声，像是一个人在痛苦呻吟。天很黑，卡里和内勒都没有手电筒或任何其他有用的照明工具。

他们朝那扇长而低矮的大门走去。这扇门主要是为了防止这里放牧的牛群离开牧场，逃到镇上去。他们尽量悄无声息地推开门，踏在牧场柔软蓬松的草皮上。

进入牧场后，他们又停了下来，再次等待。一片寂静中，他们只能听到草地上的牛群在躺下过夜前不安的沉重脚步声。

从连接上河和运河的小溪对面传来了大西部铁路线车站的转轨声。

内勒第一次听到那个呻吟声时，他们正经过一座桥。这时，一列火车呼啸着从那座桥的下方驶过，朝北方而去，但他们再也没有听到那绝望低沉的呻吟声。

"我们最好四处看看。"内勒说。他的声音有点发抖，也许是寒冷的缘故，因为晚上的确阴冷刺骨，寒风在河边小路边的柳树上方哀鸣。

"有一根火柴。"他的同伴说着，点燃了一根火柴，并把它递过来。

"来吧，让我们看看这里是否有人。"

两人循着声音传来的方向走去。借着火柴摇曳的光，他们可以看到标志着牧场边缘的围栏与小溪交接的角落里躺着一大团黑乎乎的东西,像是一具尸体。两名大学生同时停下来,他们本能地感知到死亡可能就在他们面前。尽管几分钟前他们轻松洒脱地谈到死亡,但现在他们都感觉到沿着脊柱传来一阵可怕的寒意。

"你觉不觉得他……"是内勒先开的口,但是卡里替他把话说完了。

"……死了?我不知道。如果你刚才听到的是他的呻吟声,那么他刚才还活着。"

他又划燃一根火柴,借着光亮,他们能看清彼此的脸——发白、紧张。他们的声音开始变得有些沙哑,那个念头同时闪现在他们脑海中。

"我在想……"内勒颤抖着说,"我们是不是发现了一起新的牛津大学……"

"谋杀案?"卡里替他说完,"我也是这么想的。"

这两个年轻人现在被彻底吓坏了,他们紧挨在一起,并排朝躺在他们前方那块湿漉漉草地上的那团东西走去。那团东西一动不动,仍然悄无声息。

那是一个男人,脸朝下趴在草地上。他的帽子——是一顶圆顶礼帽——帽檐朝上,落在离身体约几英尺远的地方。卡里和内勒小心翼翼地轮流划燃火柴,仿佛在害怕什么,他们摸了摸尸体,打了个寒战。那人的身体仍然很温暖,但一动不动。内勒抬起那人的头,借着朋友手中火柴的微光，打算看一眼那人的脸。他突然大喊一声，那人的头滑落到地上，他站直了身子，不停地颤抖。

"我的上帝，卡里，"他喊道，"他死了——毫无疑问。我不知道他的名字——但我以前经常看到他。就是那个老家伙，总是坐在辩论社那把垫了报纸的椅子上！"

"莫蒂默，你是说他？老天爷！"

开始下雨了，最后一根火柴被淋熄了，黑暗的草地上只剩下这两个年轻人和牛津大学又一桩谋杀案受害者的尸体。

恐 慌

　　看到《西非报》登载的那张雷吉与阿帕姆号女乘客的合影后，芭芭拉·普莱福德非常不安。她与雷吉通了好几次信，雷吉极力澄清事情的真相，并告诉她事情并不像她想的那样，她也多少有些相信自己的爱人。她也曾遇到过库尔文那种二流子，所以很愿意相信是他出于恶意发表了这张照片，而事实上照片上的两个人是清白无辜的，他拍这张照片，就是为了恶心雷吉，因为雷吉在船上坏了他的风流韵事。他特意挑了个刁钻的角度，使照片中的雷吉看起来像是要去吻对方似的，而事实上两人并没有接吻（芭芭拉对雷吉的解释已深信不疑）。现在，在波特牧场又发现一桩命案的消息，让芭芭拉又为叔叔的安全悬起了一颗心。

眼下,整个牛津大学已经炸开了锅,有关事态发展的各种谣言传得沸沸扬扬。她听说,一道最严格的强制令被下发到了所有学院门卫,要求他们提高警惕,在放任何证件存疑的访客进门时,一定要慎之又慎。但人们普遍怀疑,潜藏在所有这些神秘惨案背后的凶手是牛津大学的内部成员,这让门卫及其手下人的工作难上加难。

据了解,古老的大学议会正在商讨针对此事的一般措施。听说在波特牧场发现不幸的霍勒斯·莫蒂默的尸体后,布拉姆利就带着苏格兰场另外两名侦探回到了牛津,与牛津市警察局长合作破案。

芭芭拉现在是大四的学生,她已不住在萨默维尔学院,而是和叔叔一起长住圣托马斯学院院长寓所。

莫蒂默的尸体是一个星期二的晚上被内勒和卡里发现的,死因审理安排在两天后的星期四举行。星期五上午,芭芭拉感到心神不宁,缺席了本应出席的一个讲座。除非弄清楚了现阶段应该知道的这桩悬案的所有案情,不然她就无法安心。一想到在她叔叔被袭一案中的凶手还没来得及完成犯罪就被迫中止了,她就感到非常欣慰。和牛津大学的大多数人一样,她坚信如果警方能成功抓获最近这起谋杀案的凶手,那么杀害图古德教授和布瓦萨尔先生的凶手,以及袭击圣托马斯学院院长的凶手就会同时浮出水面。她迫不及待地想知道前一天的死因审理中发生了什么。她至少知道，这次审理是由市验尸官主持的，因为尽管霍勒斯·莫蒂默曾是牛津大学的一员，但多年前他的名字就已经从学院名册上被移除了。因此，就管辖权而言，他是牛津的公民，而不是大学的成员。

她无法把注意力集中在她本该撰写的论文上。她的叔叔正在巴利奥学院的大厅里与各学院院长开会，她毫不怀疑会议的主题是讨论这几桩谋杀案最终造成的局势以及各种拟议的对策。事实上，这也几乎是牛津市上上下下讨论的唯一话题。

在北牛津的茶会上，本科生们冲着老太太们伸出的巨大助听器大声传达有关案件最新进展的新闻，而牛津辩论社下周四晚上辩论会的主题是："本社认为，在过去和现在，保护本校高级成员生命安全的措施是完全不够的，这也反映了大学高层见识短浅。"

萨默维尔学院的一个朋友给芭芭拉讲了一个故事，极好地体现了目前人人自危的恐惧和不安。前一天晚上，一位上了年纪的女士——她是一位知名大学教师的夫人——被发现躺在霍利韦尔路和帕克斯路拐角处国王纹章酒店前面的水沟里。发现这位夫人的警察对她的身份和完美无瑕的人格一无所知，因此草率地认定这位夫人是醉酒了，但考虑到当时差不多是有执照的酒馆打烊的时间，而且她就倒在酒馆附近，这个推论也不无道理，在一位好心路人的帮助下，警察把这位不幸的女士带到了警察局，等待她恢复正常说话的能力。等她清醒后，事情就很清楚了：这绝不是一件普通的"醉酒与言行失控"的案子。幸运的是，这位女士并不知晓那位警察所做的错误推论。有人给她倒了一杯水，本来是给她"解酒"的，但这杯水使她恢复了活力，她开始讲述自己的故事。

弄清楚这个所谓醉酒者的身份时，负责此案的巡佐一下子惊呆了，他越来越专注地听她讲述自己的故事。现在很清楚了，她当时是被吓晕了。从昏厥中醒来后，她就开始喘着气激动地讲述她的故事。

她是一名业余小提琴手，是一个管弦乐协会的重要成员。协会成员每周相聚一次，演奏一些已故外国作曲名家创作而如今已无人问津的作品，努力为其注入新的活力。这些作曲家虽说备受推崇，但令人遗憾的是，一般公众对他们的作品不感兴趣。那天排练的时间相当长，直到晚上十点半，她才收拾好乐器离开霍利韦尔路的老音乐室。当她走到霍利韦尔路和帕克斯路的拐角处，准备踏上通往她家的帕克斯路时，她偶然往后瞥了一眼，夜里起了一点薄雾，她惊恐地发现，她身后跟着一个高大的身影——大体是人的轮廓，但比一般人要高。那影子有一个细长的脖子和一个奇形怪状的头。她想大喊一声，却感到喉咙被堵住了。她又朝那个恐怖幽灵的方向投去惊恐的一瞥，却发现它已经消失，正如它的出现一样神秘。她说她肯定昏死过去了，倒在了警察发现她的位置。

后面发生了什么，她再也记不起来了，醒来之后，她已经在警察局的接待室里了。这是一个非常惊人的故事，她确信自己看到了牛津大学谋杀案的凶手，而她自己也被他挑选为下一个行凶目标。她相信自己之所以能死里逃生，完全是因为达什伍德警员就在"罪案"现场附近执勤。如果不是他在关键时刻穿过薄雾出现，她的名字就会出现在神秘凶手的受害者名单中，这个凶手的恶行现在已经成为英国乃至欧洲、美国街头巷尾热议的话题。

后续调查表明，事实的真相可能有一种更为平凡、不那么惊悚的解释。奥古斯都·阿普尔加思牧师也是管弦乐队成员之一，他是一位年轻牧师，在阿宾顿路上一个教堂里执事。他是个又矮又瘦的小个子，眼睛近视，是一个热情洋溢，但水平有些飘忽的低音提琴手。因为很少有业余爱好者演奏这种用场很大，但有些平淡乏味的乐器，所以这位热心的小个子音乐家已经为自己在这个协会赢得了一席之地，并决心捍卫这个来之不易的地位。那天晚上，他比小提琴手晚几分钟离开音乐室，他把那把巨大的低音提琴背在肩上，让那瘦削的琴头高高耸立在他头部上方。毫无疑问，在那个薄雾笼罩的夜晚，正是这位温顺的小个子牧师和他那把巨大的低音提琴的奇特组合，被那位紧张的女士想象成了那个让整个牛津城谈之色变的神秘在逃杀人犯。

如果那位女士能够成功地大喊一声，富有骑士精神的阿普尔加思牧师无疑会卸下他背上模样可怖的乐器，去救助那位落难的弱女子。

但她没能喊出声来，于是这个性情温和的小个子男人转道向"高牛津"方向回家了，他嘴里哼着某一部早被遗忘的清唱剧的低音部分，浑然不知自己竟然造成了一场可怕的骚动。

那天早上，芭芭拉一直在她叔叔的书房里工作——或者说试图工作。书房俯瞰着宽街，大约十一点，她听到一个老年小贩的叫卖声，那小贩推着一辆用一对废旧婴儿车车轮和一个糖盒组装的推车，正在叫卖最新的《牛津时报》。在那个漫长的上午，她一直在等待这个时刻。她立刻扔下笔，冲到街上，买了一份当地的报纸跑回屋里。她没花多长时间就找到了她要找的那几页，因为那上面用触目惊心的大字体标出了标题。

波特牧场罪案

霍勒斯·莫蒂默先生遇害案死因审理

判决为"被某个或某些身份不明的凶手谋杀"

验尸官的评论

她一屁股坐在叔叔的扶手椅上——就是在这把椅子上，她叔叔险些丧命于那个神出鬼没的谋杀犯手下,她迫不及待地读着有关那桩最新命案的新闻。因为那桩命案,古老宁静的牛津城已经陷入了极度恐慌和骚乱之中。

发现尸体的大学生内勒和卡里、死者的私人医生、做尸检的法医,以及莫蒂默的房东考利夫人都上堂作了证,考利夫人还提供了正式身份鉴定的证词。

验尸官的总结如下:"陪审团的先生们,你们已经听取了本案的证据。但在我请你们退席并做出裁决之前,我将快速回顾一下有关本案的事实,你们将据此得出结论。你们已经听到考利夫人说她认识死者有三十多年了,死者第一次住进她母亲的房子时还在读本科,而她自己还是个女学生。她母亲去世后,她就成了死者的房东。你已经听她说过,莫蒂默先生似乎没有任何经济上的烦恼:他总是定期准时地支付房租。死者生前常常辅导本科生参加大学里的考试,来他房间里找他的人都是他所辅导的学生,而且他的学生都是男学生。(记者注意到,这句话引起了法庭上一阵窃笑,但被严厉地压制下去了。人们从未怀疑过死者生前是个伪装得很好的风流浪子,这并不是暗示他伪装得太过成功,以至于没人怀疑他。)死者的私人医生说,死者生前一直非常健康。他说,有一次——也是最后一次——大约在五年前,莫蒂默先生因为左眼睑轻微肿胀或发炎而来寻求减轻症状的良方时,他对莫蒂默先生说,如果他的所有病人都像莫蒂默先生这样很少生病,那他早就该申请教区救济了。卡里先生和内勒先生已经向我们讲述了他们如何在波特牧场的一角发现这个不幸的家庭教师的尸体,后来卡里先生让内勒先生留守现场,他自己则去沃尔顿街叫来一个警察。检查尸体的法医先生已经告诉过你们,在莫蒂默先生这个年纪的人中,很少有像他那样身体健康的,他的心脏和所有重要器官都极其健康。法医断定,死因是头部受到了某种沉重钝器的猛烈打击。法医还提请你们注意,死者额头中间有一个小的切口,显然是在死者死前用小的尖头工具造成的。我认为,毫无疑问,这位不幸的先生是在傍晚时分从上河岸边散步回来时遇害的,他被凶手以某种凶残的手段谋杀。调查显示,不管是在本市或是其他地方,他都没有仇敌。"

报纸接着说,陪审团在离席之前就做出了标题中提到的裁决。芭芭拉的神经已紧绷到了极点,她把报纸甩出去,把脸埋在双手中,放声大哭起来。

……

莫蒂默先生谋杀案发生的那个星期六,牛津市警察办公室里,苏格兰场总督察布拉姆利、牛津市警察局长、两名来自伦敦的侦探,以及圣安东尼学院的高级学监、刑法讲师和研究员巴恩斯先生,一齐从摆着舒适壁炉前的椅子上站起来。

"巴恩斯先生,"布拉姆利说,"对于像这样的连环谋杀案,我很难断言什么才是最佳线索。我必须坦率地承认,我不知道该从哪里着手,我必须满怀感激地接受你们对警方的赞美。恕我直言,尽管我起初可能认为你的这个想法很牵强,但我现在开始认为,目前这种特殊情况下,你的计划不失为一个好点子。福斯特——你已经听到了巴恩斯先生的计划,我将尽我所能给它一个公正的尝试,我就说这么多了。"

布拉姆利和这位个子矮胖的大学教师握手告别。后者笑容满面地走下台阶,来到街上,这是他生平第一次被其他人——而且还是职业警察——当作真正的侦探,也许他过去对警察的某些批评有失公允了。

逮 捕

在霍勒斯·莫蒂默先生的死因审讯之后的几天，牛津上下陷入了极度兴奋中。城里的人多得不得了，不仅是因为新学期开始了，还因为城里的汽车厂在加班加点生产奥林匹亚展会上签下的订单。本科生的报纸通常会不分场合耍聪明，即使在发生全国性重大危机时亦是如此，现在却一反常态地发出了比以往更为严肃的声音。这些本科生的报纸坚决支持牛津市警方和学监，强烈反对伦敦各家大型日报专栏上屡屡发表的公开谴责他们的批评文章。这是因为那三名被谋杀的受害者，以及险些加入被害名单的圣托马斯学院院长，都因富有个人魅力而在大学里极受欢迎。而对那些为大报撰稿的人来说，图古德教授、布瓦萨尔先生、普莱福德博士只不过是学术界知名学者的代名词，而霍勒斯·莫蒂默先生的名字他们此前从未听说过，直到这桩轰动性的谋杀案使他的名字成为公众注目的中心。但对于那些为《伊希斯报》这类报纸投稿的年轻人——几个月前这些人还是公学的学生——他们每个人都以自己独特的方式而备受尊敬，而且不少人对他们怀有比单纯的尊敬更为深刻、持久的感情。牛津大学校外的人很少知道，该校有许多最著名的成员在他们所居住城市的事务中扮演了积极角色。他们有些在牛津市担任高级市政官，有些是市议员，有些像图古德教授那样，对牛津市人民的福祉极为关注。而布瓦萨尔先生会在完成他赖以谋生的本职工作后，为那些付不起学费的人免费讲课，或是只象征性地收取少量费用，参加他夜校课程的都是本市工商业阶层的青年男女。而莫蒂默先生，他不仅是帮助本科生们的私人家教，帮他们对抗化身为学院院长们的命运，而且也是牛津市的公民和纳税人，并在市政中发挥了积极作用，尽管不那么突出。

牛津大学各校报的撰稿人，以及《牛津时报》和《牛津邮报》的主笔们，都以毫不含糊的口吻向外部的新闻界同行提出挑战，希望他们能基于自身更广阔的经验提出一些明确的建议，以帮助警方和学监解决这个客观环境造成的艰巨任务。对他们来说，每一起谋杀案，以及企图刺杀普莱福德先生——牛津大学最著名的一所学院的院长的卑鄙行为，都是个人问题，而不仅是争取党派纷争和反上流社会资本的机会。他们非常了解那些负责在牛津市和牛津大学预防和侦查犯罪的人所面临的困难，也远比那些坐在舰队街的扶手椅上的人更清楚这点。

《牛津时报》的主笔说："在过去的十二个月里，一系列可怕的悲剧让牛津市的市民和牛津大学的师生深受触动，这种情况下，要抨击警察和学监们无所作为是很容易的。但是，向这些我们寄予希望能保护我们的生命财产安全的人提出可能行之有效的路线方针，却困难得多。我们想在此说明——不必担心这话会妨碍法律和正义的进程——我们非常清楚，自从去年惠灵顿广场惨案发生以来，直到最近这起性质同样恶劣的罪行——这起凶案已经给毗邻牛津古城的那片古老而宁静的牧场带来了忧郁和可怕的声誉——我们牛津市的警察局长和牛津大学的高级学监从未有过片刻松懈，他们自始至终都在努力找到某条线索，希望就此最终追踪到那个逍遥法外、卑鄙懦弱的凶手，揭开他的真面目。我们可以说——这并不违背保密原则——城市警察和大学警察双方领导之间不仅每天会面，而且会面时间很长。他们为了保卫这座古老城市的公民，派出了他们中最聪明的人，把全部精力投入他们面前这个可怕而艰难的任务中。让我们向他们致敬！我很高兴地告诉我们的读者，就在我们的报纸即将付印时，我们听说，由于目前领导学监系统的那个人想出了一个绝妙的好主意，我们有信心预测，不迟于下周中，或可能更早，将启动一次逮捕行动，这次行动将把那个长久以来玩弄我们于股掌之间的神秘凶手绳之以法。借用一句在当时最伟大的拉丁语演说家的话：'到什么时候为止呢？'"

《伊希斯报》编辑的口吻也很乐观："老百姓们已经有了这样的定见：犯罪行为发生后，只要发现了指纹，那么找到罪犯就是几天——甚至几小时的事。在去年十二月图古德教授遇害后不久，就有消息称，在受害者衣服的某个部位发现了一枚指纹，如果能在其他地方找到相同的指纹，就能轻而易举地鉴定罪犯，到目前为止一切顺利。警方认为侦查工作不能再拖延下去了，但第二枚指纹——也就是更为关键的一枚至今仍未找到。后来坊间传言说，最近发生的一些事情加快了追捕的进度。我们知道——当这几行字出现在报纸上时，这将成为一个公开的秘密——备受热议的指纹鉴定系统最终将发挥重要作用，并揭开这个谜团。我们非常满意地听说，这个计划是我们的高级学监想出来的，尽管我们——甚至编辑部主席时常与这位长官及其下属产生分歧，但是，现在是时候公开坦诚地说一句'让我们化干戈为玉帛'了。目前，相比搜查被禁的鸡尾酒会或是向那些'不穿衣服／学士服'出门的本科生罚款，学监们手头有更重要的事情要做。我们坚信，距离那个让牛津城的公民和牛津大学的成员一起大喊'学监万岁！'的时刻不远了。在伦敦规模较大的日报中，只有一家报纸倾向于肯定学监和警方在搜捕凶手过程中的表现，因为这桩可怕的连环凶杀案，牛津大学令英国和全世界注目的焦点全然发生了改变。"

这家一本正经、言辞浮夸的杂志还说："我们听说，负责保护牛津两类主要人口的两个机构的负责人受到了大量苛评。我们所说的这两个组织，一个是警察局，另一个是牛津大学学监。我们深信，那些企图非难这两个勤勤恳恳、兢兢业业的组织的人，只要稍加慎重思考，就会发现这样做很不公平，因为它们一直在为它们所代表的人的利益而不懈努力。针对过去几个月里发生的那些神秘而不幸事件，警察和学监们收到了许多有关破案的提议，有些是认真的，有些则是不合时宜的玩笑话。在充分了解实情的前提下，我们可以断言，没有一种提议（所有这些提议都被警方和学监们纳入了考虑，而且双方都投入了最充足的资源和精力予以追踪）——哪怕是最有希望的——能有益于找到一条有用的线索。与目前这桩连环惨案的情况最为相似的是多年前的一桩连环谋杀案，警方始终无法追踪到后者的凶手，所以人们给他起了个古怪可怕的外号——"开膛手杰克"。伦敦警察厅出动全部警力，夜以继日、不眠不休地连续作战数月，却找不到一丝半点可能将这个嗜血狂魔绳之以法的线索。时至今日，要解开这个人间恶魔的身份之谜更是希望渺茫。我们并不是说，在这几起被称为'牛津惨案'的谋杀案中，代表法律和秩序这一方的人们所付出的努力也会有相似的结局。我们只是希望说服公众——牛津市警察局局长和牛津大学高级学监在搜寻这几桩罪案的野蛮凶手时遇到了重重困难，公众对此却一无所知——如果没有好运，我国或任何国家的警察队伍中最聪明的人也不可能成功实施他们的计策。而到目前为止，我们必须遗憾地承认，我们完全没有这种好运。"

警察局长福斯特、总督察布拉姆利，以及高级学监巴恩斯先生无视这些批评和赞美，一心一意依照巴恩斯先生的计策行事，他们三人都希望最终能取得一些积极进展。

警察局长的临时办公室比往常拥挤很多，从外观看，它原先可能是学院的一幢附属建筑。因为在福斯特的办公桌（这绝不是一张小桌子）和一张额外安装的桌子上堆满了没有封面、画满横线的印刷品，这就是在牛津高街那几幢可怕的考试楼里参加各种考试的学生们非常熟悉的印刷品：考卷。除了布拉姆利、巴恩斯和福斯特本人之外，办公室里还有两三个大学教师，他们都穿着硕士长袍，戴着学位帽，腋下夹着厚厚的一叠考卷。

"人们的抱怨很多，巴恩斯，"一个局促不安的男人说，他矮胖个子，长着一双水汪汪的蓝眼睛，戴着眼镜，弓着背，"我知道必须为正义事业服务，但是，与此同时，我们考官要承担对考生的责任，恐怕我不太明白你的安排有何用意？"

这时，布拉姆利和他的副官，还有福斯特和一位牛津大学的巡视员正忙着用放大镜逐个检查桌子上的考卷。他们每个人都戴着一双白色棉手套，过了一会儿，每个人都放下放大镜，小心翼翼地从手头的考卷上剪下一小块，背面写上对应考生的名字，然后把考卷放到旁边一堆码得整整齐齐、同样被剪裁过的考卷里；接着，从另一堆里取出一本新的考卷，并重复这个过程。他们全神贯注地继续着自己的工作，仿佛无视这些大学教师的存在。

"你听我说，"巴恩斯说，"在这种生死攸关的问题上，我们不能按学术规则和条例行事。我可以告诉你，正是布拉姆利在普莱福德博士书房里发现的那块长袍碎片让我们想到，此案可能涉及某个大学成员——现在你已经知道得够多了。整个学期，我们都在对大学里的董事和其他研究生展开调查。但是，总是有这么一种可能性，那就是有一个本科生参与其中。要对整个大学的每一个本科生在过去八九个月的动向展开调查是不可能的。因此，我设计了一个计划，至少可以获取每个来参加学校考试的学生的指纹，而且神不知鬼不觉。每个考生桌上都会放一些吸墨纸，我们在每张吸墨纸上都涂上一层薄薄的油性物质。几乎可以肯定的是，在考试过程中，每个考生都会拿起吸墨纸，因此会在手指上——尤其是大拇指上沾上部分这种油性物质——这正是警方所需要的。一些考生可能会用手帕擦掉这层油膜，但无论他们是否注意到，可以肯定一点，在考试过程中的某个时刻，总会有一个或几个指纹被印到一张或几张考卷上，无论是模糊还是清晰。警方……"

快说到他妙计的高潮部分时，巴恩斯先生显然自豪地涨红了脸，激动万分，呼吸急促，"如你所知，不管指纹多么淡，沾指纹的材料多难处理，警察都有办法和手段提取，而纸张是非常理想的媒介。我的朋友，总督察布拉姆利先生和他的——呃——同事们一直在提取指纹。第一场医学学士考试的检测结果是阴性的。你们这几位先生，根据七日理事会批准的指示，给我们带来了普通学位期末考试的几个小组考生的试卷。提取指纹需要时间，我担心在普通学位第一次学科考试的考官把试卷拿来之前，这些结果可能还没有统计出来？"他把询问的目光转向总督察布拉姆利。

"来不及，先生。这种工作如果要做好，并希望获得有效的成果，就必须非常谨慎地进行。"

考官们恳求侦探们尽可能减少对考卷的破坏，然后便告辞了，让他们继续工作。巴恩斯先生则像一只担心小鸡安全的母鸡，在他们身边瞎忙活。

……

萨默塞特学院的门卫长舒了一口气。这个学期在前一天正式结束了，为本科生们搬运大包小包的校工和火车站搬运工们终于停止了他们的奔波。这些学生即将离开牛津，去过圣诞节假期。有几个人还没放假，因为要准备口试，或是那一百零一个古怪理由中的一两个——因此每个学院都有一两个本科生无法按照正常的学期制学习。

这是他一个星期以来最松懈的一个早晨。早上十点刚过，一阵敲击门房玻璃窗的声音引起了他的注意，他那时正埋头看埃德加·华莱士的最新作品。他抬起头，认出来人是牛津市警察局局长，不由得大吃一惊，警察局长身边还有一个陌生的商人模样的高个子男人。

"抱歉打扰你，尼尔先生，"福斯特说，"你知不知道这个人今天早上是否在学院里？"

门卫扶了扶眼镜，仔细看了看警察局长递给他的一张纸条上写的名字："是的——事实上他在的。大概一个半小时之前我看见他进来，他不是本学院的学生。"

"我知道。"福斯特说着，看向布拉姆利——布拉姆利已经走开了，正站在入口处的拱门那里扫视进门第一个院子，"不过，我相信你们门卫当中有一个人是他的朋友，我估计他正在拜访这位朋友。"

"诶，是的，我敢说你是对的。但是，我可以请问——"

福斯特把手指放在嘴唇上，微微摇了摇头。

"如果你愿意的话，"他说，"我想请你带我去他的朋友德雷顿先生的房间。"

警察局长与门卫面谈后大约十分钟，芭芭拉·普莱福德碰巧经过萨默维尔学院的大门，她正要从萨默维尔学院回圣托马斯学院。她注意到外面的人行道上停着一辆出租车，总督察布拉姆利和警察局长福斯特正从门房朝出租车走去，中间夹着那个圣安东尼学院的非洲学生塞普蒂默斯·孔蒂。两位警察都认出了芭芭拉，并向她礼貌地举起帽子致意：他们都没有穿制服。女孩突然觉得很奇怪，因为布拉姆利举起的是左手。她又瞥了一眼，发现总督察的右手铐在了那个黑人的左手上。

意外的转折

"谢天谢地,他终于走了!"雷吉·克罗夫茨欢呼道,"再来一杯——一小杯?"

他把马德拉桌上一个方形雕花玻璃杜松子酒瓶的瓶塞取下,往一个鸡尾酒杯里倒了一大杯,他已经熟练地在杯壁涂上了足量的苦精,这表示他已经学会了"海岸"的风俗习惯。

"无论如何,我都无法容忍这个讨厌鬼!"道森老爹怒吼道。他穿着短裤和军装式衬衫,四仰八叉舒舒服服地躺倒在主人家游廊上一把深深的椅子上。

警察局副局长雷吉为他调好酒,斯巴克利斯虹吸壶发出舒缓的嘶嘶声,把他这番话打断了,"没人指望你在任何时候都能说出正确的话——我已经学到了这点,如果我没有学到别的东西的话!"

"如果他们真这么指望,"这位老"海岸人"粗鲁地说,"那么他们肯定会他妈的失望透顶——次次如此!干杯!"然后大半杯杜松子酒和苦精就下了他的肚。

雨季开始了,一连好几天都是阴沉潮湿、令人苦闷的天气,这种日子甚至没法在硬泥地球场上打网球消磨时间。球场是不熟练的监狱劳工建造的,接连不断的倾盆大雨使场地表面变得像湿漉漉、黏糊糊的粥一样。如果普雷斯科特警长没有外出对本区事务进行常规巡视的话,雷吉·克罗夫茨就得和他在办公室共度漫长的一天。今天,这个挑剔的小个子男人顺道来到这里,赶在晚餐前喝上一杯——如果警惕的普雷斯科特夫人陪他出来的话,是不会允许他喝酒的。雷吉并不乐意接待他。

雷吉一直感觉不太舒服。在西非的雨季,即使是最强壮、最健康的人,如果持续低烧不退,也会大伤元气。

这位不受欢迎的客人离开后,他感觉自己好像重获新生了。路透社的最新报道大大平息了他对芭芭拉和她叔叔的担忧,这份报纸明确表示,在经验更为丰富的伦敦同事协助下,距离牛津警察实施逮捕行动的时间的确不远了,对这个城市的恐怖统治即将结束。这是数月以来官方媒体首次明确发出如此鼓舞人心的信号。雷吉非常确信，这个令整个学术界瞩目的连环谋杀案终于即将画上句号，而那个长期逍遥法外的狡猾凶手也终于要被绳之以法了。

他环顾自己这座丛林小屋的游廊，这是他在过去数月里第一千次在脑海里将其与他在牛津舒适的住所进行比较。很舒适——现在在他看来，牛津的房间至少是舒适的，不过他这会儿又想到，他曾经不止一次向朋友们抱怨过自己的住所。但在可怕的利瑞夫人面前，他可不敢这么说。据利瑞夫人说，为了一笔微不足道的房租，她才同意给予他住在那里的特别优待。

利瑞夫人的厨艺固然有其不足之处，但和雷吉现在的曼迪厨子阿利马米的水平相比较时，他开始觉得自己的某些批评有些草率了。利瑞夫人做的汤至少没有煤油味，而且她的煎蛋虽然没达到让巴黎厨子赞许的水准，但和这个黑人厨子的手艺相比，至少用普通餐刀切起来没那么硬。

公共工程部建造的石制平房本来是承诺给驻扎在波马的官员住的，"只要殖民地的收入允许"。但是，由于雷吉在领养老金退休之前要服役二十七年多，所以他决定最好接受永远住在他现在住的这种当地人盖的土房子里的想法。毕竟，当雨季结束后，茅草屋顶是否漏水就不重要了，而且这种房子有其独特优势——与他在爱德华兹维尔看到的那种欧洲人盖的自命不凡的平房相比,这种房子要凉快得多。

雷吉躺在躺椅上,目光越过游廊低矮的泥墙,遥望着远处的警察营地和当地人村庄,村庄前方约一英里处耸立着一排排优雅的油棕榈树,树叶在热带初升的明月下泛着银色光芒。他不由得在心里感慨:这一幕真美。

他对他的客人说:"关于非洲的野性之美,人们写得太少了。"

道森老爹轻蔑一哼,吞下了剩下的酒。"是什么让你突然看到了这个该死的地方的美?"他吼道。

出于某些外人无从知晓的原因,道森老爹认为在马蓬加这个孤独的小村子里度过三十多年是合适的。所以,他肯定看到了一些他还不想承认的东西,但他从未对这个国家和它的人民说过一句好话。

"你不像我这么了解这些非洲人,克罗夫茨。你绝对想不到在这宁静的月色下,在那轻轻摇动的棕榈树下,发生着怎样卑鄙恶心、令人发指的事。我——"

"你这么说是不是有点不公平?"克罗夫茨打断了老爹的话,"我可以说,你说的那些事情,在伦敦、巴黎、柏林、纽约——随便哪个你喜欢的白人的大都市里都存在,只不过其质量和数量是这里的一百倍。在我看来,唯一的区别是那些事发生在电灯下而非月光下,而且这里的人可以辩解,因为他们没有我们白人拥有的文明。对了,"他岔开话题，因为他看出道森老爹就要破口大骂了，"你知道今天下午孔蒂老酋长来办公室找普雷斯科特的事情吗？"

"是的，我一般不会错过这样的消息。"道森回答。

"你可听说了他为何而来？"克罗夫茨问道，他的语气里似乎有些揶揄的味道。见老爹没有打断他的话并向他讲述那两人会谈的内容，他便可以肯定，这个消息不可能传到老爹的耳朵里。

"不，我还没听说——不过，"他相当没好气地说，"等我今晚回到马蓬加，就会听说这一切了。现在——在月光下赶路会让人口渴，而且——"雷吉立刻满足了客人的需求。

"你现在想听听我听说了什么吗？"雷吉说，总算有一次能挫败道森老爹，让他好不得意，道森老爹总是自诩比负责该区的政府官员更了解当地的事情。

"也可以，"道森老爹毫不客气地说，"也许之后我会纠正你的一些错误信息，并补充一些细节。"他不会承认自己的彻底失败，尤其是在一个新来的人面前。

"是这样的，老孔蒂来求见局长……鉴于他几乎是清醒的，所以我猜他的事情很严重。我带他进去，普雷斯科特让我留下，听听他们要谈些什么。因为他又要出去旅游了，我想他领取了一些奇怪的旅行津贴，而且目前也没有什么特别要紧的事情，他想我也应该了解一下情况。好吧,就是刚才我们所说的非洲和欧洲的区别使我想到了这件事情。老孔蒂紧张得像热锅上的蚂蚁,都是为了他那个在牛津的儿子。他似乎认为有人威胁到了他儿子的生命安全,那人干掉了三个大学教师,还险些杀死第四个。他说他儿子必须马上回家,并要求普雷斯科特以区警察局长的身份对政府施加影响力,令他儿子早日脱离危险,以免为时已晚。"

道森老爹躺在椅子上抽着烟斗,脸上露出轻蔑的冷笑,笑意随着雷吉的讲述越来越浓。等到这位助理局长的故事讲到最后时,这位老商人突然爆发出一阵刺耳的笑声。

"妙!"他说,"实在是妙!这个年轻人的处境的确很危险——从我最近在路透社新闻和其他报纸上看到消息的字里行间,我已经猜到了这点。不过,并不是他那可敬的爸爸怀疑的那种危险。"

"但你知道些什么呢?"年轻人惊奇地问,"我以为你从来没有去过牛津,对它也一无所知?"

"没有,克罗夫茨,也不需要,"道森老爹说,他很高兴看到眼前的年轻人大惑不解的样子,"我是一点也不了解牛津和牛津的大学老师,也不想了解。但我比你,或者比我叫得上名字的许多人都更了解'海岸'的那些破事。而对于目前这件事,这恰恰是最关键的。"

他突然严肃起来,手里拿着烟斗,身子向前倾:"对于最近几个月的这几起谋杀案和所有这些把整个世界搅得不得安宁的事，你想听听我的看法吗？"

这位奇怪客人的这番话让克罗夫茨大惑不解，但他饶有兴趣，因为他知道，据他以往在巴奥马或马蓬加的棚屋里与道森老爹共度的许多夜晚来看，这个老人从不为了说话而说话，拥有健全的常识是他最突出的优点之一。"说吧，"雷吉急切地催促，"我很乐意听到任何有关那些可怕的牛津谋杀案的推理。毕竟这几个月来，我为这些事情担心得要死。"

"好，"道森老爹舒舒服服地躺好，继续往下讲，"你听说过有关这个区里人豹谋杀案的那些传闻吗？你知道吗？长期以来，人们怀疑老孔蒂酋长就是真正的幕后黑手。因为他所处的地位，他不得不假装站在政府那边，反对犯下这些罪行的人。但你知道吗？这个协会会员犯下这些谋杀案，不是因为他们仅仅喜欢人肉的味道，才渴望吃人肉。他们谋杀那些受害者，是为了获得新的阳刚之力，以弥补身体里渐渐流失的力量。这就是为什么他们几乎总是选择年纪小的受害者，因为小孩子拥有力量、青春和活力，而他们身体中的力量、青春和活力因为被过度消耗，所以越来越虚弱。你知道的，那个小讨厌鬼塞普蒂默斯·孔蒂去年去了牛津大学，他是这个食人族酋长老魔鬼的儿子。你应该记得，你告诉过我，在你来这里之前，你就知道这个小傻子的脑袋瓜子太笨，就连获得牛津大学学位最简单的几门考试都考不过。通过报纸上的新闻，你会发现，那些沦为谋杀案受害者的人都是在某些领域有很高天分的人，他们擅长的正是小孔蒂怎么也考不过的科目。还记得吗？有一天我问过你，要拿到文学学士的第一次学科考试合格成绩必须考过哪些科目，这些科目是——如果我说错了，你要纠正我——拉丁语、法语、英语、逻辑学。"

"完全正确。"雷吉大喊道，道森老爹这番话让他兴奋不已。

"现在请你稍稍想一下，那几起案件的受害者们分别在哪些领域最有名望。第一位，图古德教授，是拉丁文教授；第二位是牛津最有名的法语教师；第三位是圣托马斯学院院长普莱福德博士，即使像我这样孤陋寡闻的'海岸'老人都听说过他的名声，他是英国文学相关领域的大师；第四位是可怜的老莫蒂默，当时我在你借给我的《泰晤士报》上读到他的讣告时，我并不惊讶，因为我发现他的职业是辅导学生通过普通学位逻辑学考试，他还写了一本备考书，卖得很好。"他顿了一下，喘了一口气，又喝了一口酒。

"继续讲吧。"雷吉·克罗夫茨说，他屏住呼吸，身子前倾，眼中满是兴奋。

"你不记得了吗？"道森老爹向雷吉挥挥烟斗，慢条斯理、声容并茂地说，"每个案子中让验尸官和警察困惑不解的一点，都是凶手试图在受害人后脑勺上钻个洞——每起谋杀案中都有一些试图损害头骨的行为。孔蒂的家乡非常流行人豹主义理论,他从小就听过很多这样的故事:吃掉充满活力的年轻人的某些部位,可以让男人获得或恢复体力。他去了牛津大学,受了一些教育,获得了一些逻辑推理能力。但是,他通过各种合法方法都无法获得通过必考科目所需的足够知识,既然根据这个恶心的协会的信念,体力可以通过物质手段获取,那么转念一想,如果把肉替换为大脑的话,智力为何不可转移呢?没错,"道森老爹提高嗓门说,"正如他父亲所认为的,塞普蒂默斯·孔蒂的处境很危险。"

道森俯下身子,一种狞笑在他的脸上绽开,他的声音因兴奋而沙哑:"但使他处境危险的并不是凶手,而是法律和正义,是警察!"

帕丁顿站

接下来，在牛津大学刑法讲师、圣安东尼学院董事巴恩斯先生，以及英属西非小殖民地西北省巴奥马区马蓬加的道森老爹（没人知道他的教名）的共同努力下，这三起谋杀案以及圣托马斯学院院长普莱福德博士遇袭案的来龙去脉都清楚地呈现在了负责案件的警官眼前。

将普通学位第一次学科考试以及考试院前几场考试试卷上的拇指印显影、拍照，并与图古德教授帽子上的指纹对比之后，负责破译指纹的专家已然足够清楚——除非奇迹发生——最后接触死者帽子的，就是圣安东尼学院的二年级非洲学生塞普蒂默斯·孔蒂。

但在实施逮捕之前,警察们还有很多工作要做。他们询问了孔蒂的两位妻子,了解图古德教授在惠灵顿广场花园遇害当晚她们丈夫的行踪。

依照规定,在学期中每个学生每周必须有几晚在学院大厅吃晚餐,但当晚他没在学院大厅就餐,而是留在她们的住所和她们共进晚餐。那两个女人记得很清楚,因为那晚他们吃了非洲西海岸的传统名菜"棕榈油排骨",这道菜是把肉排和各种蔬菜混在一起,用浓厚的红色西非棕榈油炖制而成。

孔蒂的父亲托人从家乡送来一箱这种棕榈油,送油的蒸汽船在此前一两天抵达利物浦。这顿晚餐也因这份礼物而增色不少。

三人兴奋地品尝这道来自故乡的新鲜美味。平常他们能像欧洲人一样轻松自如地使用刀叉,但在对付这顿黏稠的炖菜时,他们重拾旧习,又用上了手指。饭后,塞普蒂默斯休息了一会儿,并照例喝了几瓶啤酒。然后他出去了一会儿,九点左右又回来了。十点一过,女人们就上床睡觉了,她们的丈夫留在楼下,他说打算整晚待在这里,不回学院的宿舍了。

他似乎有些激动,不止一次提到普通学位考试的拉丁文试卷太难了,还强调自己非常担心拿不到梦寐以求的学位就得被迫回家。

次日清晨,他的一位妻子米亚塔从后窗看到他穿着拖鞋走进花园,身上仍然穿着白天的衣服,手里紧紧攥着一团皱巴巴的像是灰色毡帽的东西。他把那团东西扔进了垃圾箱,并在上面盖上了一些稻草或是纸张,因为那个垃圾箱没有盖子。

那位更"开化"的妻子雷吉娜说,她第二天早上下来时,注意到有人在起居室里点燃过煤气炉的迹象。煤气炉周围散落着许多火柴,但孔蒂不抽烟。后来问及此事时,孔蒂总是非常暴躁、愤怒。

"幸运之神眷顾了我们,"问询结束后,布拉姆利在回警局的路上对福斯特如实说,福斯特则基于查明的事实,发誓要在治安法官面前控告这个非洲学生,"他手指上的浓油牢牢粘在了帽子布料上,没被那个乞丐洗掉。虽然汽油除去了大部分明显的污渍,但没能把大拇指留下的所有痕迹擦掉,而苏格兰场的专家让这些痕迹清晰地显现出来。我认为,孔蒂在杀死教授后,看当时广场上没人——那时候也不可能有人出现,而且还下着雨——出于某种不可知的原因,便想对死者头骨进行某种操作,所以他脱下教授的帽子,把它挂在栏杆上。可等他安全回家后,过了一段时间他又想起了这顶帽子。他听说过一切关于指纹及其在追踪犯罪方面的用处,而且他知道这顶帽子是他唯一接触过的教授衣物。所以他偷偷潜回,取走了帽子,就在梅里利斯警员离开现场去请医生回来的那个时间段。"福斯特补充道:"而且,我猜想,他曾经尝试烧毁帽子,可就靠一个煤气炉很难办到,屋子里的人也会闻到焦味并进来打扰他。于是，鉴于当时还很早，他想扔到垃圾桶也行。幸运的是，那个垃圾桶没有盖子，当仆人早上把它拿到外面清理时，风把帽子吹到了巷子里，后来又被吹到了别人家的后门口，所以清洁工扫街时特别注意到了，他把帽子收起来准备卖掉。至于凶器，那截样子可怕的橡胶水管，加上铅头的重量，就足以干掉大多数人，而且这个非洲男人是个肌肉发达的家伙。"

治安法官裁定已有足够的证据，便签发了逮捕令，随后警方在萨默塞特学院逮捕了孔蒂。

孔蒂立即聘请了一位律师，因此在治安法庭举行的第一次听证会上，在逮捕证据呈上之后，他就获准取保候审了。

到目前为止，情况还不错。但是，这根链条上还缺少许多环节，尤其是犯罪动机令负责的警官大感不解。

听说有关此事的消息后，就在殖民地的其他人开始怀疑牛津惨案神秘凶手的真实身份之前，对道森老爹阐述的推理大为信服的雷吉立即给牛津警察局局长发了电报，说他已经获得了与孔蒂案件有关的重要信息，并说他将写信来详细说明。应检方的要求，在押的时间被延长了两次。与此同时，这位非洲学生在图古德教授、布瓦萨尔先生、莫蒂默先生被害时，以及圣托马斯学院院长遇袭时的行踪都已经由不同的证人证实。很显然，在圣托马斯学院院长遇袭案中，孔蒂看准了机会，从院长住所的前门潜入房子，当时前门是开着的，走廊很暗，而且瑞斯利普勋爵和芭芭拉显然无暇特别注意除他们自己以外的任何人。但当他发现自己怎么都不能在无人察觉的情况下潜伏在屋子里时，他就从打开的那扇落地窗跳到了外面的小方院里。

他就一直等在那里，藏身于小方院里众多游廊中的一条，一直等到院长家里人都睡着了，才走出藏身之处，撬开窗户，来到院长的书房。失手后，他又跑下楼，从餐厅的窗户逃走。他要做的就是继续在那里躲着，直到第二天早上找机会堂而皇之地离开学院，假装自己是早些时候通过门卫把守的大门进来的。他常来这儿拜访一个印度朋友，门卫对他的样子很熟悉，因为这层关系，他的逃跑就更容易了。那个印度人说，在孔蒂谋杀院长未遂后的第二天早上十点左右，孔蒂曾以某种借口来找过自己。印度人和孔蒂一起经过门房出了大门，事实上，他们就是在警察们与门卫谈话的时候出去的。因为老索耶对他很熟悉，所以没有注意到他的离开，即使注意到了，也会自然而然地认为他是早上早些时候进来的，而当时自己刚好没有看到他。孔蒂随身带着学术袍，其实假期中不需要穿学术袍，他这么做，只不过是为了防止那天晚上藏在学院时被人拦住盘问，而学术袍可以证明他没有恶意。

但这一切在很大程度上取决于动机的确立。如果不能合理解释这桩连环谋杀案为何把与世无争、安静无害的学者列为谋杀对象，那么这个案件的论证就显得相当薄弱,除非检方能够确定一个合理的动机,判决的说服力才会大大加强。在没有外援的情况下,要解开这个谜团的希望非常渺茫。当收到雷吉的信,并看到信里道森老爹那套完整阐述的惊人理论时,新的希望冉冉升起,苏格兰场警方当即开了一个会,牛津警察局局长也出席了会议。由于检方无故延长在押时间,辩方律师也开始在他的当事人出庭时大肆施压,因此迅速采取行动也变得越来越有必要。

似乎显然有必要请一位曾在现场了解人豹会活动的欧洲人到场,而且这个人要对人豹会的思想状态有所了解,能像那位见多识广的老商人那样看透他们那些勾当的本质。殖民部立即给总督发了电报。收到电报后不到一周,菲尔丁先生便向雷吉和普雷斯科特详细说明了此事。那时,雷吉已经在法庭上多次见证大量该协会的作案手段。由于局长离开会给政府工作带来极大不便,因此雷吉应殖民办公室的要求启程回英国。他乘坐阿克拉的老登普斯特号邮轮离开殖民地,踏上了归途。

……

那是一月里阴郁的一天。伦敦的大雾一直渗透到这里,像翻腾的乌云般低悬在帕丁顿站的玻璃屋顶下。现在才刚到中午,但因为光线的原因,车站的玻璃屋顶已经黑得仿佛铸铁一般了,弧光灯像黄铜色的火球般在令人窒息的昏暗中闪闪发光。然而，芭芭拉·普莱福德的心里却一片光明，她绝不愿以愁云惨雾的今天去换取去年夏天里最明媚的一天。因为，经过七个月的分离——这七个月对她而言仿佛七年般漫长——她终于要再次见到她的爱人，经过西非的冒险，他终于要安然无恙地回来了。

圣安东尼学院的那个非洲学生被捕了，毫无疑问，他就是杀害图古德教授、布瓦萨尔先生、莫蒂默先生的凶手，也是企图杀害圣托马斯学院院长的那个人。这个消息顿时让芭芭拉对叔叔的担忧烟消云散。她觉得自己可以高兴地唱起歌来，并怜悯地看向那些咳嗽着、颤抖着的搬运工人，他们正在等待晚点的阿克拉号从普利茅斯驶来。现在看来，那些疲惫、孤独、焦虑的日子都是值得的。假如雷吉从未离开，她就永远不能体会到这种欢迎他归来的喜悦。她希望对孔蒂的审判旷日持久，因为她猜测，在审判结束之前雷吉将无法返回非洲。而且，她总希望他能在别的什么地方找到一份比在西非更好的差事，因为他的来信里描绘的西非生活并不怎么有吸引力。她也不是没考虑过这样一种可能：也许某一天，他会在另一艘船上与另一位德莱弗夫人相遇，并产生更持久的感情？她认为这种怀疑是不值得的，于是很快将它赶出脑海，而且她还记起了自己对瑞斯利普勋爵那倒霉的怂恿所导致的糟糕至极的后果，要是被人看到了，传到雷吉那里也会被他误解。

火车会不会永远不来？已经过了中午，仍然没有任何要来的迹象。

突然，雾变浓了，等待着的搬运工们的咳嗽声也比以往任何时候都大，他们一窝蜂地冲向二号站台。透过阴沉的浓雾，她依稀看到了大西部线上那庞然大物般的火车头上的巨大烟囱。

……

"亲爱的！你不能！雾很大——我知道。但即使在雾中，也能看到很多东西！"

她的进一步抗议被一个吻堵住了。雷吉看上去皮肤黝黑，却很健康；她认为他比以前英俊得多。

雷吉最后放开芭芭拉时，说道："但是，对于一个在茶楼大厅里接受求婚的女孩来说，说这句话也不太合适。"

尾　声

剑桥大学圣安布罗斯学院一间舒适的房间里。仆人拉上厚厚的窗帘，把一月傍晚的昏沉暮色隔绝在外，房间里显得比以往任何时候都更加温馨舒适。正是下午茶时间，声名赫赫的拉丁文学者马丁·布拉斯特德爵士邀请朋友格林教授共进茶点。两位老先生咀嚼着烤小圆饼，喝着热气腾腾的茶，惬意无比。

格林把一份最新的《伦敦晚报》摊开在膝盖上，问道："你看到了吗，牛津谋杀案的检方提出的那套非同寻常的犯罪推理——是受到了西非某个在海滩拾荒的怪老头的启发？"

"看到了。"马丁爵士说，他一直对当年在《古典评论》专栏大败于牛津大学图古德教授手下的事无法释怀,"他们显然认为,杀害可怜的图古德教授的凶手是为了从他身上获取一些智力。我必须承认,这倒是一个我怎么也想不到的动机。"

图书在版编目（CIP）数据

牛津惨案 /（英）亚当·布鲁姆著；田慧译 . -- 上海：上海文艺出版社，2022
（域外故事会推理小说系列）
ISBN 978-7-5321-8410-1

Ⅰ. ①牛… Ⅱ. ①亚… ②田… Ⅲ. ①推理小说－英国－现代 Ⅳ. ① I561.45

中国版本图书馆 CIP 数据核字（2022）第 139014 号

牛津惨案

著　　者：[英] 亚当·布鲁姆
译　　者：田　慧
责任编辑：杨怡君
装帧设计：周艳梅
责任督印：张　凯

出　　版：上海文艺出版社
出　　品：上海故事会文化传媒有限公司
　　　　　（201101 上海市闵行区号景路159弄A座3楼 www.storychina.cn）
发　　行：上海文艺出版社发行中心
　　　　　（上海市闵行区号景路159弄A座2楼206室）
印　　刷：上海中华印刷有限公司
开　　本：889毫米x1194毫米　1/32　印张8.625
版　　次：2022年11月第1版　2022年11月第1次印刷
ISBN：978-7-5321-8410-1/I·6638
定　　价：35.00元

版权所有·不准翻印

想看更多精彩故事？
扫码下载故事会APP

上海故事会文化传媒有限公司　出品（01088）　www.storychina.cn

上海故事会文化传媒有限公司所有图书可办理邮购，免收邮费（挂号除外）
汇款地址：上海市闵行区号景路159弄A座2楼206室（201101）
收款人：上海故事会文化传媒有限公司出版发行部
联系电话：021-53204159
如发现本书有质量问题，请与印刷厂质量科联系 T:021-60829062